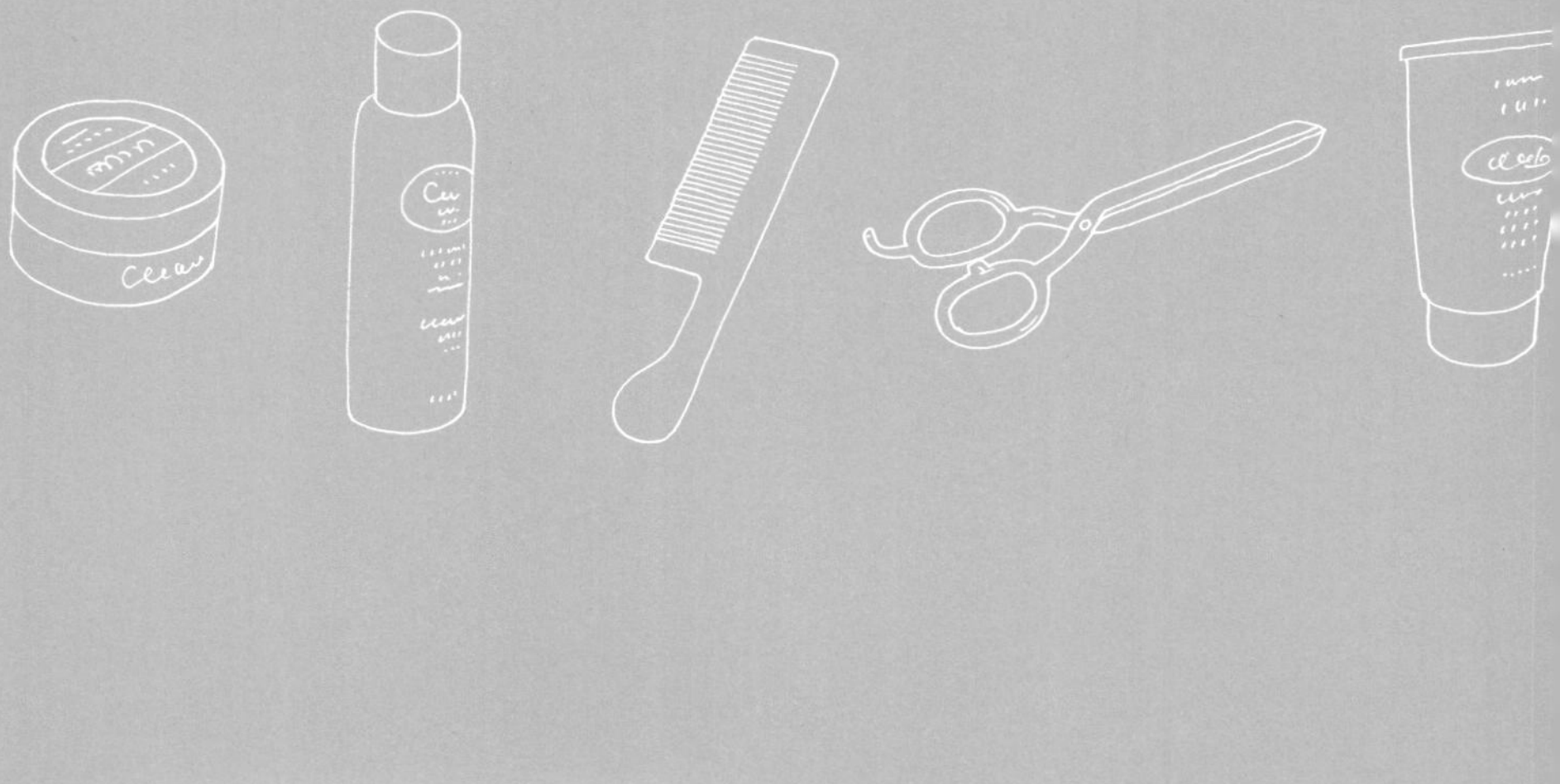

つるばら村の理容師さん

茂市久美子・作／柿田ゆかり・絵

講談社

もくじ

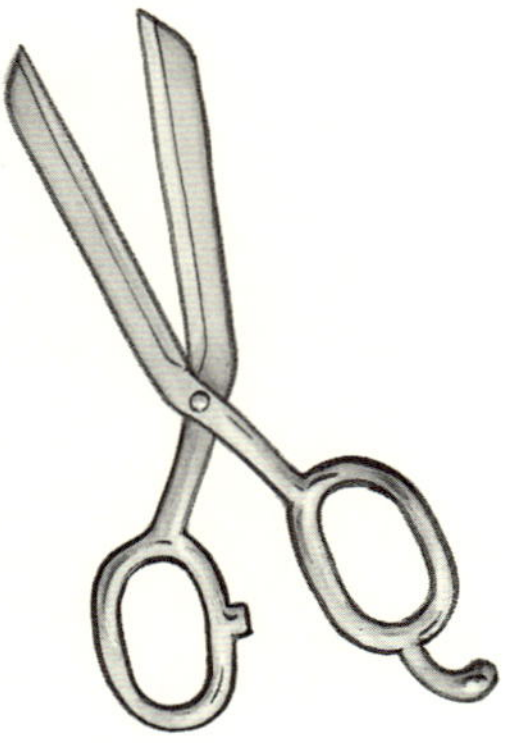

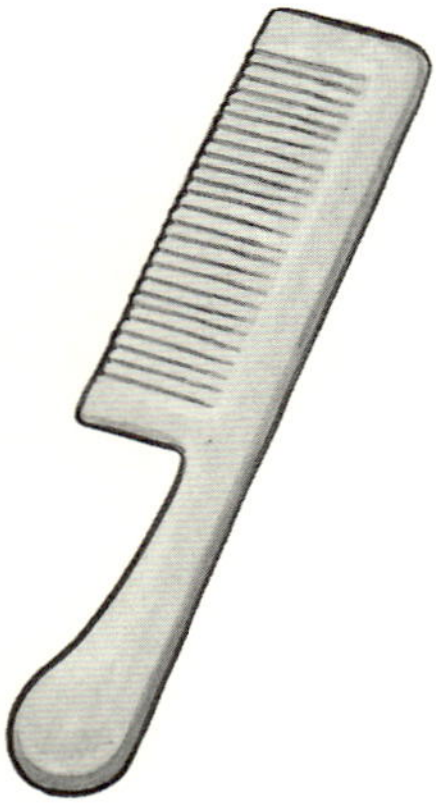

まほうのショール

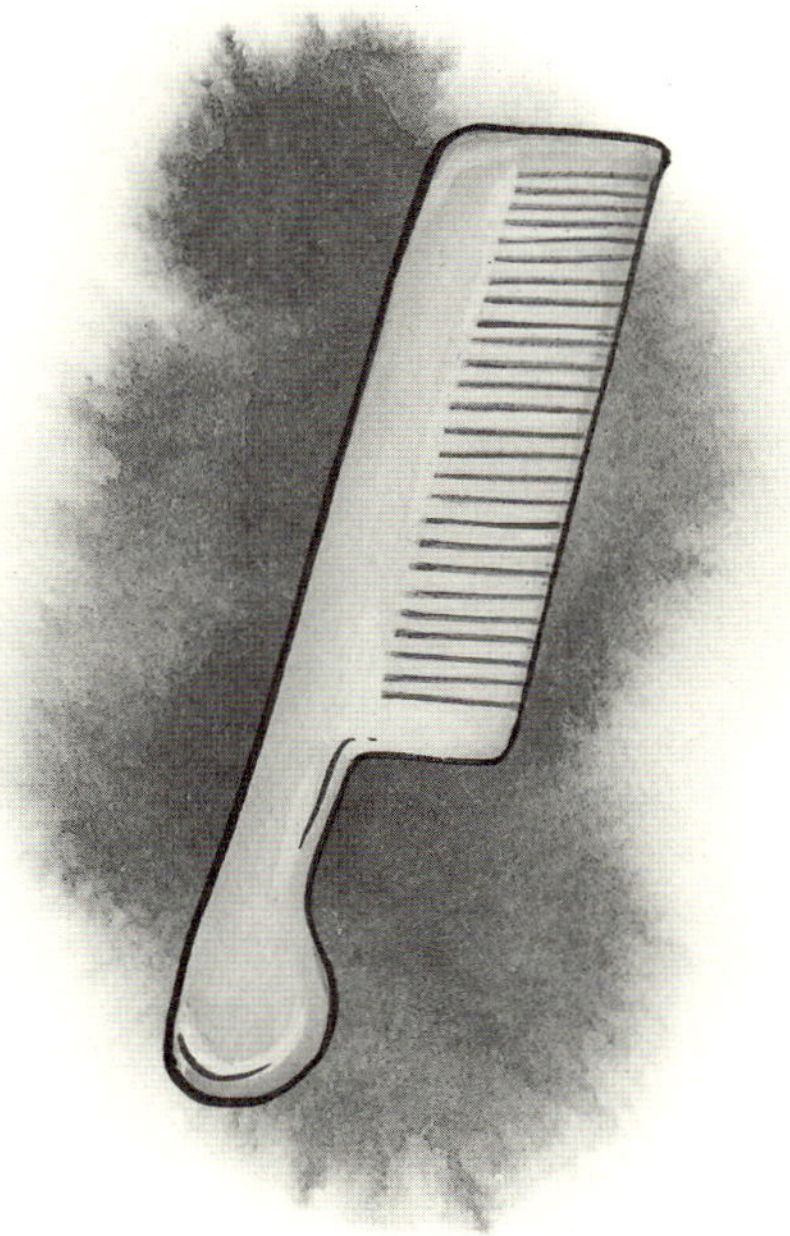

つるばら村《むら》に、「つるばら理容店《りようてん》」という、小《ちい》さな理容店《りようてん》があります。

店《みせ》の外《そと》では、赤《あか》と白《しろ》と青《あお》のサインポールが、くるくるまわっています。

この店《みせ》は、山野《やまの》このはさんという、もうすぐ六十歳《さい》になる、おばさんが、ひとりでやっています。

このはさんは、花《はな》が大好《だいす》きです。店《みせ》のまえには、いつも、たくさんの植木鉢《うえきばち》がならんで、季節《きせつ》の花《はな》を咲《さ》かせています。


若葉《わかば》のかぐわしいかおりにつつまれた、五月《がつ》の夜《よる》のことでした。

柱時計《はしらどけい》が、ボーンボーンと九つなりおわってまもなく、このはさんの店《みせ》の戸《と》が、コツコツとなりました。

(こんな時間《じかん》に、はるかさんかしら?)

眼鏡《めがね》をかけて、テーブルの上《うえ》に新聞《しんぶん》をひろげていた、このはさんは、眼鏡《めがね》をずらして柱時計《はしらどけい》を見上《みあ》げました。

はるかさんは、通《とお》りの向《む》かい側《がわ》にある「ひまわり洋品店《ようひんてん》」の若《わか》い奥《おく》さんです。ふたりは、親子《おやこ》ほど年《とし》がはなれていますが、大《だい》のなかよしで、おたがいの家《いえ》を、しょっちゅういったりきたりしています。

でも、よほどのことがないかぎり、はるかさんが、こんな時間《じかん》にやってくることはありません。

(へんね、なにかあったのかしら?)

このはさんは、眼鏡《めがね》をはずして、店《みせ》にいくと、あかりをつけるまえに、カーテンのすきまから外《そと》をのぞいて、びっくりしました。

店《みせ》のまえに、りっぱな角《つの》をはやした、まっ白《しろ》なヤギが一頭《とう》、たっていたのです。

通《とお》りの向《む》かい側《がわ》にある「ひまわり洋品店《ようひんてん》」は、カーテンがしまり、まっくらでした。

あかりのきえた通《とお》りを、まるで青《あお》い海《うみ》の水《みず》でもひたひたとおしよせてきたみたいに、月《つき》の光《ひかり》が、あかるくてらしています。

ヤギの背中《せなか》は、あかるい月《つき》の光《ひかり》に、水晶《すいしょう》の粉《こな》でもふりかけたように、きらきらとかがやいています。

このはさんが、ヤギに見《み》とれていると、ヤギは、このはさんに気《き》がついて、したしげに「メェーッ。」と、ひと声《こえ》なきました。

「こんばんは。ちょっと、おねがいできますか？」

「え……。」

このはさんは、いそいで、あかりをつけると、店《みせ》の戸《と》をあけました。

「おねがいって、なにを？」

ヤギは首《くび》をのばし、店内《てんない》をのぞきこむようにして、このはさんを見上《みあ》げました。

「ぼくのうぶ毛《げ》を、クシで、すきとってほしいんです。」

「うぶ毛《げ》を、クシで？」

このはさんは、ヤギの背中《せなか》に目《め》をやって、そこに、ピンクの花《はな》びらがついているのに気《き》がつきました。

「あら、背中《せなか》に、花《はな》びらがついてるわ！」

すると、ヤギは、顔《かお》を背中《せなか》に、ちらっとむけていいました。

「ここにくるまえに、満開《まんかい》のサクラの近《ちか》くを通《とお》ったから、そのとき、ついたんだな。」

「なんですって？」

このはさんは、ふしぎな顔《かお》をしました。このあたりのサクラなら、もうひと月《つき》もまえに散《ち》ってしまいました。

「サクラが、ほんとうに咲《さ》いていたの？」

ヤギは、うなずいて、うっとりとした目《め》を天井《てんじょう》にむけました。

「満開《まんかい》の花《はな》が、お月《つき》さまの光《ひかり》にてらされて、なんだか、この世《よ》のものと思《おも》えないほど、きれいだったなあ。」

「そのサクラ、どこで見《み》たの？」

「高原《こうげん》みたいな、山《やま》の中《なか》です。たった一本《ぽん》だけで咲《さ》いてました。」

ヤギの話《はなし》に、このはさんは、やっとなっとくしました。それなら、ヤマザクラです。ヤマザクラなら、どこか、高《たか》い山《やま》のなかで咲《さ》いていてもおかしくはありません。

「わたしは、また、サクラが、里《さと》で咲《さ》いてるのかと思《おも》ったわ。満開《まんかい》のヤマザクラねえ……。」

このはさんが、山《やま》の中《なか》でひっそりと咲《さ》いているヤマザクラの花《はな》を思《おも》いうかべていると、ヤギがいいました。

「あのう、そろそろ、うぶ毛《げ》を……。」

「え？　ああ、そうだったわね。」

このはさんは、ヤギが、ここにきたわけを思《おも》い出《だ》して、あらためて、ヤギを見《み》ました。

「あなた、山《やま》からやってきたの？」

すると、ヤギは、すこし気《き》どっていいました。

「いいえ。ぼくは、このへんのヤギじゃありませんよ。」

「じゃ、どこからきたの？」

「はるかはるかかなたにある高原《こうげん》からきました。」

「はるかはるかかなたにある高原《こうげん》？」

「はい。山《やま》をいくつもこえて、町《まち》や村《むら》を数《かぞ》えきれないほど通《とお》り過《す》ぎて、さらに山《やま》をいくつもこえたところにある高原《こうげん》です。」

「そんな遠《とお》いところのヤギさんが、どうして、ここに？」

ヤギは、じまんするようにこたえました。

「風《かぜ》にのってきました。ぼく、いま、風《かぜ》にのって、世界一周《せかいいっしゅう》の旅《たび》の途中《とちゅう》なんです。」

「風《かぜ》にのって、世界一周《せかいいっしゅう》……。」

旅《たび》が大好《だいす》きな、このはさんの胸《むね》は、ヤギの話《はなし》に、たちまち、あこがれでいっぱいになりました。

風《かぜ》にのって旅《たび》ができるとは、なんてすてきでしょう。

(わたしも、一度《いちど》、そんな旅《たび》がしてみたい……。)

このはさんは、ほっとため息《いき》をつくと、気《き》をとりなおしてききました。

「旅《たび》の途中《とちゅう》のヤギさんが、どうして、うちに?」

「空《そら》の上《うえ》から、ぐうぜん、こちらのサインポールが見《み》えましてね。うぶ毛《げ》をすいてもらうには、じつは、まだちょっと早《はや》いんですが、でも、こんど、いつ、こんな機《き》会《かい》に出会《であ》うかわかりませんから、いまのうちにと思《おも》ったわけです。

うぶ毛《げ》が、からだじゅうに、ぼさぼさついた姿《すがた》は、みっともないですからねえ。」

それをきくと、このはさんは、ヤギも身《み》だしなみに気《き》をつけるんだなあと、感心《かんしん》しました。

するとヽヤギが、きゅうに身《み》なりのよい紳士《しんし》に見《み》えてきたのです。

このはさんは、あいてがヤギだということをわすれて、いつも、お客《きゃく》さんにつかう話《はな》し方《かた》になりました。

「たたせたままで、クシをかけるというのもなんですから、そうだ、こうしましょう。」

このはさんは、店《みせ》のおくから、洗《せん》たくしたばかりの白《しろ》いシーツを持《も》ってくると、床《ゆか》にしきました。

「ここに、よこになってください。」

すると、ヤギは、シーツのまん中《なか》によこになって、前脚《まえあし》と後《うし》ろ脚《あし》を思《おも》いっきりのばしました。

「こんなふうに、よこになるのは、旅《たび》にでて、はじめてだなあ。」

「はじめて?」

このはさんは、かるく頭《あたま》をふると、クシをもって、床《ゆか》にひざをつきました。

「それでは、楽《らく》にしてください。」

このはさんは、ヤギの背中《せなか》や脚《あし》やお腹《なか》に、ていねいにクシをあてながら、クシについた、うぶ毛《げ》に感心《かんしん》しました。

うぶ毛《げ》は、まっ白《しろ》で、ふんわりとかるく、春《はる》のお日《ひ》さまのぬくもりがこもっているみたいです。

「これを糸《いと》にして、セーターにしたら、いいでしょうねえ。」

このはさんがつぶやくと、ヤギは、気持《きも》ちよさそうに目《め》をつぶったままいいました。

「セーターもいいですけど、コートにも、おすすめですよ。」

「コート?」

このはさんは、ヤギのうぶ毛《げ》が、コートになったようすを思《おも》いうかべて、大《おお》きくうなずきました。

たしかに、こんなすばらしい毛《け》でつくったコートが一着《ちゃく》あったら、寒《さむ》い冬《ふゆ》、どんなにたすかることかしれません。

しばらくすると、このはさんは、ヤギに、からだのむきをかえてもらいました。

そうして、ていねいにクシをあてて、十分《ぷん》もすると、すっかりクシをあておわりました。

「はい、おわりました。たちあがっていいですよ。」

このはさんのことばに、ヤギは、うす目《め》をあけて、まだ、このままでいたいような顔《かお》をしました。

「え、もう、おわってしまったんですか？」

ヤギは、しぶしぶおきあがると、シーツからでて、ふうっと息《いき》をしました。

「ああ、気持《きも》ちよかった。理容店《りようてん》て、いいもんですねえ。牧場《まきば》で、地面《じめん》によこにされて、てあらく、うぶ毛《げ》をすかれるのとは、大《おお》ちがいだ。」

「牧場《まきば》で？　じゃ、あなた、牧場《まきば》でかわれているヤギさん？」

このはさんが、意外《いがい》な顔《かお》をすると、ヤギは、とくいげにいいました。

「毎年《まいとし》、ぼくや仲間《なかま》の毛《け》は、うぶ毛《げ》がぬけるまえに、クシですきとられて、とても高《たか》い値段《ねだん》でとりひきされるんですよ。」

「こんなに、すばらしい毛《け》じゃ、そうでしょうねえ。」

クシですきとった毛《け》は、そんなにたくさんはありませんでした。糸《いと》にしたら、手《て》袋《ぶくろ》がひとつ、やっと編《あ》めるくらいでした。

このはさんは、その毛《け》を、そっと店《みせ》の鏡《かがみ》のまえにおくと、床《ゆか》にしいたシーツをかたづけながらききました。

「うぶ毛《げ》は、持《も》ってかえりますか?」

ヤギは、りっぱな角《つの》のはえた頭《あたま》をよこにふりました。

「お礼《れい》にさしあげます。」

それから、あっと、なにか思《おも》いついたようにいいました。

「指輪《ゆびわ》を、おもちですか?」

「指輪《ゆびわ》?」

「はい。あったら、それを、ちょっと、かしてくれませんか。」

(指輪《ゆびわ》をどうするつもりなんだろう?)

このはさんは、おくにひっこむと、たんすに大切《たいせつ》にしまっておいた指輪《ゆびわ》を持《も》ってきました。

それは、何年《なんねん》もまえに天国《てんごく》にいってしまった夫《おっと》から、結婚《けっこん》するとき贈《おく》られた指輪《ゆびわ》でした。夫《おっと》が元気《げんき》なうちはしていましたが、亡《な》くなると、うっかりなくさないように、指《ゆび》からはずして、たんすにしまっておいたのです。

「指輪《ゆびわ》って、これしか、ないんだけど。」

このはさんが、指輪《ゆびわ》をてのひらにのせてさしだすと、ヤギは、まるで、指輪《ゆびわ》の値《ね》打《う》ちを鑑定《かんてい》するような目《め》をしました。

「ああ、とっても愛情《あいじょう》のこもった指輪《ゆびわ》ですねえ。大切《たいせつ》にしまってないで、指《ゆび》にしたほうがいいですよ。これを、あなたに贈《おく》ったひとも、そのほうがよろこびますよ。」

「え……。」

このはさんは、ヤギのことばに、どきっとしました。

（そうだわねえ。天国《てんごく》のあのひとも、指輪《ゆびわ》をしてほしいって思《おも》ってるかもしれない。）

このはさんが、しんみりしていると、ヤギは、こんなことをききました。

「何色《なにいろ》が、すきですか？」

「そうねえ、名前《なまえ》のとおり、木《こ》の葉《は》の色《いろ》。」

「木《こ》の葉《は》の色《いろ》といっても、いろいろありますけど。」

「それなら、ちょうどいまごろの若葉《わかば》の色《いろ》がいいわ。」

つるばら村《むら》では、いま、若葉《わかば》が、みずみずしい緑色《みどりいろ》でした。初夏《しょか》の青《あお》みがかった緑色《みどりいろ》にも、真夏《まなつ》の黒《くろ》みをおびた緑色《みどりいろ》にもなっていませんでした。

「いまごろの若葉《わかば》の色《いろ》って、いいですねえ。五月《がつ》の風《かぜ》のようにすがすがしくて、ぼくも大好《だいす》きです。」

ヤギは、まんぞくそうにいうと、指輪《ゆびわ》にむかって、なにかぶつぶつとなえました。

「じゃあ、ぼくのうぶ毛《げ》を、この指輪《ゆびわ》からひきだしてみてください。」

「ひきだす？」

このはさんは、ふしぎに思《おも》いながら、ヤギにいわれるまま、うぶ毛《げ》を指輪《ゆびわ》からひきだして、目《め》をまるくしました。

指輪《ゆびわ》からひきだした、うぶ毛《げ》が、みずみずしい若葉《わかば》の色《いろ》をした、みごとな布《ぬの》にかわったではありませんか。

このはさんは、あんまりおどろいて、いっしゅん、指輪《ゆびわ》の先《さき》から、ほんものの若《わか》葉《ば》がとびだしてきたのかと思《おも》ったほどでした。

「今夜《こんや》のお礼《れい》に、指輪《ゆびわ》に、とっておきのまほうをかけました。さあ、うぶ毛《げ》を、どんどんひきだしてみてください。」

ヤギは、目《め》をまるくしている、このはさんに、わらっていいました。

（まるで、手品《てじな》みたい！）

うぶ毛《げ》は、するすると、まるで、絹《きぬ》のスカーフでもひきだすように、指輪《ゆびわ》をくぐりぬけて、みずみずしい若葉《わかば》の色《いろ》をした布《ぬの》にかわっていきます。

どんなまほうをつかえば、こんなことができるのでしょう。まるで、指輪《ゆびわ》の中《なか》に、白《しろ》いうぶ毛《げ》を若葉《わかば》の色《いろ》にかえる工場《こうじょう》や、布《ぬの》にかえる工場《こうじょう》がひそんでいるみたいです。

このはさんは、夢《ゆめ》でもみているような気分《きぶん》で、うぶ毛《げ》を、しんちょうに指輪《ゆびわ》からひきだしました。

やがて、このはさんの手《て》には、かるくて、あたたかい、一枚《まい》の布《ぬの》がにぎられていました。

「肩《かた》にかけてみてください。」

いわれたとおりにしてみると、それは、このはさんの肩《かた》をすっぽりつつむほどの大《おお》きさでした。

「わあ、すてき！　これ、ショールなのね！」

このはさんが、ショールを肩《かた》にかけた自分《じぶん》の姿《すがた》を鏡《かがみ》にうつしていると、ヤギは、おあいそをいいました。

「とってもよく、おにあいですよ。ショールが、こんなににあうひとは、なかなかいません。」

それから、なごりおしそうにいいました。

「そろそろおいとまします。」

「え、帰《かえ》るの？　もう少《すこ》し、ゆっくりしていったら。」

すると、ヤギは、店《みせ》にかかった時計《とけい》を見《み》て、きゅうにそわそわしました。

「旅《たび》の途中《とちゅう》のヤギは、おなじところに、一時間《じかん》以上《いじょう》いてはいけないきまりですから。」

「まあ、そんなきまりがあるの？」

「はい、もしも、きまりをやぶったら、旅《たび》は、それでおしまいになります。」

「というと？」

「一時間以上《じかんいじょう》いたところで、一生《いっしょう》すごすことになります。もうすぐ十時《じ》ですから、こちらに、もう五分《ふん》、長居《ながい》をすれば、ぼくは、一生《いっしょう》、こちらでお世話《せわ》になることになります。」

「それは、たいへん！」

「これまで、旅《たび》の途中《とちゅう》、きまりがまもれなくて、旅《たび》がおわってしまった仲間《なかま》が、どれだけいるかしれません。」

それから、ヤギは、時計《とけい》を見上《みあ》げて、あわてた声《こえ》をあげました。

「あ、いけない。こちらは、居心地《いごこち》がよいので、つい長居《ながい》をしたくなる。すみませんが、戸《と》をあけてください。」

このはさんが、いそいで、店《みせ》の戸《と》をあけると、ヤギは、おもてにとびだして、ふりかえりました。

「ありがとうございました。こちらのこと、仲間《なかま》に宣伝《せんでん》しておきます。それじゃあ。」

ヤギが、とことこかけだすと、ヤギの背中《せなか》をおすように、どこからか、風《かぜ》がきゅうにふいてきました。

ヤギの背中《せなか》の長《なが》い毛《け》が、風《かぜ》にさかだち、うぶ毛《げ》をすいた肌《はだ》が、白《しろ》く見《み》えます。

(なんだか寒《さむ》そう……。)

ヤギを見送《みおく》っていた、このはさんは、あっと口《くち》をあけました。

ヤギのからだが、いつのまにか、地面《じめん》からはなれて、まるで、見《み》えない階段《かいだん》でものぼるように、空《そら》にのぼりはじめたのです。

ヤギのからだが、月《つき》の光《ひかり》で、銀色《ぎんいろ》にかがやいています。

空《そら》にのぼるにつれ、銀色《ぎんいろ》のからだは、どんどん小《ちい》さくなって、星《ほし》がうごいているようにしか見《み》えなくなりました。そうして、このはさんが、ほんのいっしゅん、まばたきをしたあいだに、きえて見《み》えなくなっていました。

翌朝《よくあさ》は、霜《しも》がおりそうなほど、ひえこみました。

(五月《がつ》もなかばをすぎたっていうのに、今朝《けさ》は、なんて寒《さむ》いのかしら。)

このはさんは、おもてのそうじをするまえに、上着《うわぎ》の上《うえ》に、もう一枚《まい》はおろうとして、昨夜《さくや》、ヤギからもらったショールのことを思《おも》い出《だ》しました。

(そうだ、あれがあったわ。)

ショールで首《くび》と肩《かた》をつつんで、このはさんは、笑顔《えがお》になりました。

なんだか、やさしい春《はる》のお日《ひ》さまにくるまれているみたいです。

「こんなにかるくてあたたかいショールは、はじめて!」

このはさんが、ショールをして、おもてのそうじをしていると、ひまわり洋品店《ようひんてん》の戸《と》があいて、はるかさんが、顔《かお》を出《だ》しました。

「おはよう。今朝《けさ》は、さむいわねえ。ひと月《つき》まえにもどったみたい。」

はるかさんは、そばにやってくると、このはさんがしているショールを、つくづくと見《み》ました。

「このはさん、いいショールしてるわねえ。それ、カシミヤでしょ。」

「え、カシミヤ?」

「そうよ。ちょっと見《み》せて。」

はるかさんは、ショールのはしを手にとって、感心《かんしん》した顔《かお》をしました。

「やっぱりカシミヤだわ。」

「さわっただけで、わかるの？」

このはさんがおどろくと、はるかさんは、わざと気分《きぶん》をこわしたような顔《かお》をしました。

「これでも、わたし、洋品店《ようひんてん》をやってるのよ。カシミヤと、そうじゃないものの区《く》別《べつ》ぐらいつくわよ。あとで、また見《み》せてね。」

はるかさんは、寒《さむ》そうに肩《かた》をちぢめると、店《みせ》にもどっていきました。

ひとりになると、このはさんは、ほうきを持《も》ったまま、しばらくぼんやりとたたずみました。

（いわれてみれば、カシミヤって、たしか、モンゴルだかカシミール地方《ちほう》だかの高《こう》原《げん》にすむヤギのうぶ毛《げ》でできているって、なにかで読《よ》んだことがあるわ。じゃあ、あのヤギ、ほんとに、そんな遠《とお》くからやってきたんだ！）

いまごろ、ヤギは、どこを旅《たび》しているのでしょう。風《かぜ》にのって、山《やま》をこえているところでしょうか。それとも、海《うみ》をわたっているところでしょうか。

目《め》をつぶると、このはさんには、どこまでも白《しろ》く連《つら》なる山《やま》なみや、青《あお》い大海原《おおうなばら》の上《うえ》をかろやかにかけていく、ヤギの姿《すがた》が見《み》えるようでした。

(また、きて、旅《たび》の話《はなし》をしてくれるといいな。)

そのとき、このはさんは、ふと、ヤギが、さいごにいったことばを思《おも》い出《だ》しました。

(『こちらのこと、仲間《なかま》に宣伝《せんでん》しておきます。』ということは、またいつか、旅《たび》の途《と》中《ちゅう》のヤギが、やってくるかもしれないわ!)

その日《ひ》、空《そら》には、ヤギの白《しろ》いうぶ毛《げ》のかたまりを、ちぎったような雲《くも》がうかんでいました。

このはさんは、なんども外《そと》にでて、ひょっとして、旅《たび》の途《と》中《ちゅう》のヤギの姿《すがた》が見《み》えはしないかと、空《そら》をながめたのでした。

ふしぎなくつ

梅雨入《つゆい》りも間近《まぢか》い、初夏《しょか》のある日《ひ》。

つるばら村《むら》の青木家具店《あおきかぐてん》の林太郎《りんたろう》さんが、髪《かみ》をきりにきて、このはさんに、こんな世間話《せけんばなし》をきかせてくれました。

「ちかごろ、うちの近所《きんじょ》のあちこちで、くつがぬすまれて、いったいだれのしわざだろうって、みんなが、うわさしてるんですよ。」

林太郎《りんたろう》さんの家具店《かぐてん》と工房《こうぼう》は、このはさんの店《みせ》から一キロぐらいはなれたところにあります。

話《はなし》によると、四、五軒《けん》の家《いえ》で、夜《よる》、しまいわすれたり、かわかそうと軒下《のきした》にだしておいたくつが、朝《あさ》になったらなくなっていたというのでした。

それから二、三日《にち》たった朝《あさ》のことです。

このはさんが店《みせ》をあけると、小《ちい》さなトランクを持《も》った、見《み》かけない若者《わかもの》がはいってきました。

若者《わかもの》は、ぼさぼさの頭《あたま》に、ぶしょうひげをはやしていました。店《みせ》にはいってくると、上目《うわめ》づかいに、あたりを見《み》まわしました。

「おねがいできますか？」

若者《わかもの》は、おどおどしていいました。

「はい。どうぞ、おかけください。」

このはさんが、鏡《かがみ》のまえの椅子《いす》をすすめると、若者《わかもの》は、椅子《いす》のひじかけに手《て》をおいて、おそるおそる、こしをおろしました。

「髪《かみ》の毛《け》を、ちょっとみじかくしてください。それから、ひげ、そってください。髪《かみ》の毛《け》、洗《あら》うのは、いりません。」

若者《わかもの》は、小声《こごえ》でぼそぼそいいました。

「わかりました。」

このはさんは、若者《わかもの》の首《くび》にタオルをまくと、大《おお》きな白《しろ》いケープで首《くび》から下《した》をすっぽりおおいました。

「下《した》をむいてもらえますか。」

若者《わかもの》に頭《あたま》をさげてもらい、耳《みみ》のわきとうなじをかるくバリカンでかろうとして、このはさんは、おやっと思《おも》いました。若者《わかもの》が、ひどくきんちょうして、椅子《いす》のひじかけをぎゅっとにぎりしめているのです。

「もしかして、バリカンが苦手《にがて》ですか？」

このはさんが、心配《しんぱい》になってたずねると、若者《わかもの》は、下《した》をむいたままこたえました。

「理容店《りようてん》なんて、はじめてなもんですから。」

（理容店《りようてん》がはじめて？）

このはさんは、いっしゅんきょとんとしました。

でも、すぐにうなずきました。このごろの若《わか》いひとは、理容店《りようてん》より美容室《びようしつ》にいくほうが多《おお》いのです。若者《わかもの》も、きっといつもは、美容室《びようしつ》にいっているのでしょう。

（こんなひとが、ますますふえるんだろうな。）

このはさんは、さびしく思《おも》いながら、若者《わかもの》の耳《みみ》のわきとうなじをバリカンでかりおわりました。

「頭《あたま》をあげていいですよ。」

若者《わかもの》が、ほっとしたように顔《かお》をあげると、このはさんは、クシで髪《かみ》の毛《け》をたてな

がら、毛先《けさき》をハサミでちょんちょんきりました。

「トランクをお持《も》ちですけど、ご旅行《りょこう》ですか?」

このはさんがたずねると、若者《わかもの》は、もごもごとこたえました。

「仕事《しごと》の材料《ざいりょう》を買《か》いに、ちょっと町《まち》まで、でかけます。」

「仕事《しごと》の材料《ざいりょう》?」

若者《わかもの》は、はずかしそうにいいました。

「ぼく、くつをつくっているんです。野《の》いばらが原《はら》に、仕事場《しごとば》があります。」

それをきくと、このはさんは、思《おも》わず仕事《しごと》の手《て》をとめて、鏡《かがみ》にうつる若者《わかもの》の顔《かお》を見《み》ました。

野《の》いばらが原《はら》は、その名《な》のとおり、あたりいちめんにノイバラがおいしげる、山《やま》の中《なか》の高原《こうげん》です。そんなところに、だれかすんでいるなんて、これまで一度《ど》も、きいたことがありません。

(野《の》いばらが原《はら》に、仕事場《しごとば》があるなんて、ほんとうかしら?)

すると、若者《わかもの》が、きゅうにひとがかわったように、おしゃべりになりました。

「みんな、あそこを通《とお》るときには、ノイバラのとげにさされたり、きられたりして、たいへんなんですよ。だから、ぼくが子《こ》どものころ、父《とう》さんが、ぼくにつくってくれたのをまねて、みんなにも、長《なが》ぐつをつくってやったら、ノイバラのしげみだけじゃなく、林道《りんどう》を歩《ある》くときにも、ぐあいがいいって、みんなに、とっても、よろこばれてます。ちかごろでは、うわさをきいて、ほかからも、ちゅうもんがきて、おかげで、寝《ね》るひまもありません。」

それから、若者《わかもの》は、うっかり、こんなことをいいました。

「これまでは、ひげなんて、かんたんにけせたのに、今回《こんかい》は、つかれがたまっているせいか、どんなに、ちゅうがえりをしても、うまくけせません。」

「なんですって?」

このはさんが、びっくりすると、若者《わかもの》は、しまったという顔《かお》をして、口《くち》もとをおさえました。

前髪《まえがみ》をすきバサミできりおわると、このはさんは、首《くび》のまわりにおちた髪《かみ》の毛《け》を、はけで、はらいおとしました。

「じゃあ、こんどは、顔《かお》の毛《け》をそりますので。」

このはさんが、椅子《いす》をたおすと、若者《わかもの》は、びっくりして、とびあがりそうになりました。

そんな若者《わかもの》に、このはさんもびっくりしました。

「すみません。いきなりたおして。」

すると、若者《わかもの》は、天井《てんじょう》に顔《かお》をむけながら、右手《みぎて》をよこにふりました。

「いえいえ、こちらのほうこそ、おどろいて、すみません。まさか、椅子《いす》が、たおれるなんて、思《おも》ってもみなかったものですから。」

あわだてた粉《こな》せっけんを、まず、おでこにつけて、顔《かお》の毛《け》をそりはじめると、若《わか》者《もの》は、しだいに肩《かた》の力《ちから》をぬきました。そのうち、すっかりくつろいで、ひざをまっすぐにのばしました。

その足《あし》に目《め》をやって、このはさんは、思《おも》わず口《くち》もとをゆるめました。若者《わかもの》は、ずいぶんくたびれた、茶色《ちゃいろ》い長《なが》ぐつを左右《さゆう》はんたいにはいていたのです。

（くつを左右《さゆう》まちがえてはくほど、つかれてるんだわ。）

このはさんは、目《め》をほそめると、若者《わかもの》の足《あし》を見《み》ないようにして、顔《かお》の毛《け》をそるのにせんねんしました。

それにしても、若者《わかもの》の顔《かお》は、ほっぺたから口《くち》もとにかけて、すごいぶしょうひげです。なぜか、こいひげの中《なか》から、何本《なんぼん》も、長《なが》いひげが、とびだしています。

（こんなに毛《け》ぶかいひとは、はじめて。どうして、長《なが》いひげが、とびだしているのかしら？）

このはさんは、ふしぎに思《おも》いながら、ふつうのひとのなんばいもの時間《じかん》をかけて、若者《わかもの》の顔《かお》の毛《け》をそりおえました。

その顔《かお》をむしタオルでふいて、化粧水《けしょうすい》でととのえると、若者《わかもの》は、うっとりとしました。

このはさんが、椅子《いす》をあげ、さいごに肩《かた》をマッサージすると、若者《わかもの》は、ほうっと気持《きも》ちよさそうに、ふかい息《いき》をはきました。

「ああ、理容店《りようてん》て、よいところだなあ。」

このはさんは、にっこりしました。

「これを機会《きかい》に、ぜひ、また、いらしてください。」

「そうします。」

若者《わかもの》は、お金《かね》を払《はら》うと、さっぱりしたようすで、トランクをかかえ、店《みせ》をでていきました。

その日《ひ》の夕方《ゆうがた》、このはさんが、おもてにならべた植木鉢《うえきばち》の花《はな》に水《みず》をかけていると、店《みせ》にやってきたひとがありました。

お客《きゃく》さんを見《み》て、このはさんは、びっくりしました。

今朝《けさ》の若者《わかもの》が、すっかりくたびれたようすでやってきたのです。

今朝《けさ》、きれいにととのえた髪《かみ》の毛《け》が、ぼさぼさにつったって、口《くち》のまわりのひげが、こくなっています。そればかりか、ひげの中《なか》から、また、長《なが》いひげが、何本《なんぼん》も、とびだしています。

「町《まち》からのお帰《かえ》りですか?」

このはさんがたずねると、若者《わかもの》は、うなずきながら、かすれた声《こえ》をだしました。

「町《まち》ってところは、車《くるま》がいっぱいでつかれるところですねえ。すみませんが、水《みず》をいっぱいくれませんか。」

このはさんは、台所《だいどころ》の冷蔵庫《れいぞうこ》に、麦茶《むぎちゃ》があったことを思《おも》い出《だ》しました。

「おかけになって、ちょっとまっててください。」

このはさんは、若者《わかもの》に店《みせ》のソファーをすすめると、台所《だいどころ》にむかいました。

そうして、冷蔵庫《れいぞうこ》から、麦茶《むぎちゃ》をだして、コップにそそいだときでした。

店《みせ》から、とつぜん、大《おお》きな物音《ものおと》と、悲鳴《ひめい》のようなさけび声《ごえ》がおこったのです。

それにつづいて、犬《いぬ》が、はげしくほえる声《こえ》がしました。

「なにがあったのかしら?」

このはさんが、おどろいてかけつけてみると、店《みせ》には若者《わかもの》のすがたはありませんでした。おもてにとびだしてみると、若者《わかもの》が、うす暗《ぐら》くなりはじめた通《とお》りをすごいいきおいでかけていくところでした。

そうして、そのあとを、これまたすごいいきおいで、近所《きんじょ》の犬《いぬ》がおいかけていました。

「あの犬《いぬ》、ふだんは、おとなしいのに、きょうは、どうしたんだろう？」

店《みせ》にもどった、このはさんの目《め》に、思《おも》いがけないものがはいりました。それは、店《みせ》の床《ゆか》に、まるで、ほうりなげたようにおちている、若者《わかもの》の長《なが》ぐつでした。

「あわてたひょうしにぬげたのかしら？」

手《て》にとってみると、それは、木《き》の皮《かわ》のようなもので、できていました。いまにも穴《あな》があきそうなほどふるくなっていますが、はきごこちはとてもよさそうです。ほんのりと、バラのようなあまいかおりもします。

（ふしぎなくつ……。）

そう思《おも》ったとたん、このはさんは、むしょうに、目《め》の前《まえ》のくつがはいてみたくなりました。そうして、他人《たにん》のふるいくつをはいてみたいだなんて、自分《じぶん》は、どうしてしまったんだろうと思《おも》いながら、くつの中《なか》に、そっと足《あし》をいれてみたのです。

すると、どうでしょう。一日《いちにち》じゅうたちっぱなしでつかれていた足《あし》が、すーっとかるくなったではありませんか。

そればかりか、くつをぬいでみると、さっきまで、ぱんぱんにはっていたふくらはぎが、朝《あさ》おきたばかりのときのように、ほっそりとしています。

（これって、気《き》のせいじゃないわよね。）

このはさんは、キツネにつままれた気分《きぶん》になりました。

（このままかえさないで、わたしのものにできたら……。）

けれども、そんなことを、いっしゅんでも思《おも》った自分《じぶん》を、すぐにはんせいしました。

（あのひとが、また、ここにみえるときまで、たいせつにあずかっておかなくちゃ。）

でも、若者《わかもの》が、またくるときまでまっていられなくて、つぎの月曜日《げつようび》、このはさんは、長《なが》ぐつをとどけに、野《の》いばらが原《はら》にでかけることにしたのです。

その日《ひ》は、店《みせ》の定休日《ていきゅうび》でした。

山《やま》の中《なか》の林道《りんどう》を二時間《じかん》も歩《ある》いて、野《の》いばらが原《はら》に、やっとたどりつくと、思《おも》いがけないけしきが、このはさんをまっていました。

野《の》いばらが原《はら》は、ノイバラの白《しろ》い花《はな》が咲《さ》いて、雪《ゆき》におおわれたようだったのです。あたりには、ノイバラのあまい花《はな》のかおりがただよっています。

このはさんは、若者《わかもの》の長《なが》ぐつのあまいかおりが、ノイバラのかおりにそっくりなことに気《き》がつきました。

ノイバラの白《しろ》い花《はな》の海《うみ》にうかぶように、ぽつんと、赤《あか》い屋根《やね》の小《ちい》さな家《いえ》が見《み》えます。

「あそこが、きっと、仕事場《しごとば》だわ。」

このはさんは、ノイバラのしげみにはいるなり、「いたっ。」と、声《こえ》をあげました。ノイバラのとげが、ズボンの上《うえ》から、このはさんのふくらはぎをさしたのです。

「わあ、こんなにおいしげったノイバラの中《なか》を、あそこまでいくのはたいへん。やっぱり長《なが》ぐつじゃないとだめだわ。」

このはさんは、はいてきた運動《うんどう》ぐつを見下《みお》ろしながら、若者《わかもの》のことばを、しみじみと思《おも》い出《だ》しました。

(みんな、あそこを通《とお》るときには、ノイバラのとげにさされたり、きられたりして、たいへんなんですよ。だから、ぼくが子《こ》どものころ、父《とう》さんが、ぼくにつくってくれたのをまねて、みんなにも、長《なが》ぐつをつくってやったら、ノイバラのしげみだけじゃなく、林道《りんどう》を歩《ある》くときにも、ぐあいがいいって、みんなに、とっても、よろこばれてます。）

若者《わかもの》が話《はな》した、みんなとは、だれのことでしょう。

このはさんは、首《くび》をかしげると、あたりを見《み》まわし、それから、いま、袋《ふくろ》にいれてぶらさげている、若者《わかもの》の長《なが》ぐつに目《め》をやりました。

「わるいけど、これをかりようかな。」

でも、それでは、やっぱり、わるい気《き》がして、運動《うんどう》ぐつのまま、いくことにしました。

足《あし》をとげにさされたり、ズボンをひっかかれたりしながら、やっとの思《おも》いで、小《ちい》さな家《いえ》にたどりつくと、このはさんは、ほっとひと息《いき》ついて、ドアをノックしました。

すると、中《なか》から、ききおぼえのある声《こえ》がしました。

「あいてますよ。どうぞ。」

このはさんが、ドアをあけると、このまえの若者《わかもの》が、きまりわるそうに、椅子《いす》にすわっていました。顔《かお》のぶしょうひげが、まえよりもひどくなっています。

「先日《せんじつ》は、どうも。きゅうにいなくなって、すみませんでした。」

若者《わかもの》は、仕事中《しごとちゅう》だったらしく、木《き》の皮《かわ》らしいものをぬう手《て》をやすめて、もうしわけなさそうに肩《かた》をちぢめました。

「犬《いぬ》が、よっぽどきらいなんですね。あのとき、おいてった長《なが》ぐつ、とどけにきたんですよ。」

このはさんが、長《なが》ぐつをさしだすと、若者《わかもの》は、そばにきて、かるく頭《あたま》をさげながら、うけとりました。

「わざわざとどけていただいて、すみません。そのうちに、とりにうかがおうと思《おも》ってたのに。このくつ、父《とう》さんにつくってもらった、たいせつなくつなんです。」

「まあ、お父《とう》さんがつくったくつ！」

このはさんが、感心《かんしん》した声《こえ》をあげると、若者《わかもの》は、上目《うわめ》づかいにいいました。

「ちらかってますけど、よかったら、中《なか》にどうぞ。」

「それじゃ、ちょっとだけ。」

中《なか》にはいると、このはさんは、そっと、あたりを見《み》ました。

仕事《しごと》をする台《だい》と椅子《いす》のほかに、小《ちい》さな棚《たな》とテーブルがあります。それらの上《うえ》には、くつをつくる材料《ざいりょう》でしょうか。ハサミや針《はり》などの道具《どうぐ》といっしょに、木《き》の皮《かわ》だとか、うす緑色《みどりいろ》のまゆだとか、ヤマブドウのつるだとか、いろいろなものが、おいてあります。

このはさんは、へやのすみに、はきふるした運動《うんどう》ぐつと、あなのあいた地下足袋《じかたび》が何足《なんそく》か、おいてあるのに気《き》がつきました。

「あら？」

すると、若者《わかもの》が、あわてたようにいいました。

「ぬげないくつをつくろうと思《おも》って、ちょっと、ひとさまのものをかりてるところです。」

（ん？）

このはさんが、上目《うわめ》づかいに若者《わかもの》を見《み》ると、若者《わかもの》は、下《した》をむいて、もじもじとこたえました。

「じつは、ぼく、犬《いぬ》にびっくりして、くつがぬげてしまったのは、このまえだけじゃないんです。」

「じゃあ、まえにも?」

「はい。それで、ぬげないくつをつくろうとしていたやさきに、また、あんなことがあって……。」

若者《わかもの》は、肩《かた》をおとして、ため息《いき》をつくと、こんどは、気《き》をとりなおすように、少《すこ》し姿勢《しせい》をただしました。

「ぼく、先日《せんじつ》、ここに帰《かえ》ってきてから、かんがえなおしました。ぬげないというより、犬《いぬ》をこわがらないで、ふんばって、地面《じめん》にたってられるような、くつをつくろうって。だって、いつも犬《いぬ》をこわがって、にげるから、おいかけられるんですよね。」

「で、いま、つくっているのが、そのくつですか?」

このはさんが、若者《わかもの》が手《て》に持《も》っているものに目《め》をやると、若者《わかもの》は、首《くび》をよこにふりました。

「これは、ちゅうもんの長《なが》ぐつです。ふんばれるくつは、これをつくってから、とりかかろうと思《おも》っています。」

若者《わかもの》の話《はなし》をきくと、このはさんは、重《おも》くなりかけたこしをあげました。

「わたしったら、いつまでも、仕事《しごと》のじゃまをして、ごめんなさいね。」

このはさんが、帰《かえ》ろうとすると、若者《わかもの》は、椅子《いす》のうしろから、あたらしい長《なが》ぐつをだしました。

「これ、きょう、きてくださった、お礼《れい》です。よかったら、はいてかえってください。」

「わあ、うれしい。ありがとう!」

このはさんは、若者《わかもの》からもらった長《なが》ぐつのおかげで、こんどは、ノイバラの中《なか》を、とげにさされたり、ひっかかれたりせず、ぶじに歩《ある》いて帰《かえ》ることができました。

それからひと月後《つきご》、雨《あめ》の中《なか》を、青木家具店《あおきかぐてん》の林太郎《りんたろう》さんが、このはさんの店《みせ》にやってきました。

「このまえきたとき、くつの話《はなし》をしたのをおぼえてます？　あのときのくつ、あれからしばらくして、みんなかえってきたんですよ。」

「ほんとですか？　よかったですねえ。」

林太郎《りんたろう》さんは、いたずらっぽくわらいました。

「だれが、かえしにきたと思《おも》います？」

「さあ。」

このはさんが、首《くび》をかしげると、林太郎《りんたろう》さんは、肩《かた》をすくめました。

「キツネですよ。」

「え……。」

「うちのとなりの泰蔵《たいぞう》さんが、夜《よる》、たまたまトイレにおきて、キツネが、くつをくわえてやってきて、軒下《のきした》において帰《かえ》っていくのを見《み》たそうです。」

（じゃ、あの若者《わかもの》、やっぱりキツネだったんだ。）

このはさんが、くすっとわらうと、林太郎《りんたろう》さんは、感心《かんしん》したようにいいました。

「それが、かえってきたくつをはいたみんなが、まえより、くつのはきごこちがよくなったって、いうんですよね。穴《あな》のあいた地下足袋《じかたび》なんて、きれいにしゅうりされてたっていうんですから、おどろきですよねえ。きっと、くつをかりたお礼《れい》に、そうしたんだろうって、みんな、いってますけど、見《み》上《あ》げたキツネですよねえ。」

このはさんは、林太郎《りんたろう》さんの話《はなし》に、二、三度《ど》、大《おお》きくうなずきながら、キツネの若者《わかもの》のことを思《おも》いました。

（犬《いぬ》をこわがらないで、ふんばって、地面《じめん》にたってられるような、くつは、もうできたかしら。)

このはさんは、このとき、ふと、若者《わかもの》が、近所《きんじょ》の犬《いぬ》をまえにして、地下足袋《じかたび》をはいて、ふんばっている姿《すがた》を思《おも》いうかべたのでした。

ところで、このはさんが、若者《わかもの》からもらった長《なが》ぐつは、ミルクにほんの数滴《すうてき》、紅茶《こうちゃ》をおとしたような色《いろ》のダケカンバのうすい皮《かわ》を何枚《なんまい》もはりあわせて、うす緑色《みどりいろ》の糸《いと》で、ていねいにぬってありました。

糸《いと》は、ウスタビガのうす緑色《みどりいろ》のまゆからつくったものでした。

このはさんは、そのくつをはくたび、つかれた足《あし》が、たちまちかろやかになって、空《そら》までかけられそうな気《き》がします。

砥石
といし

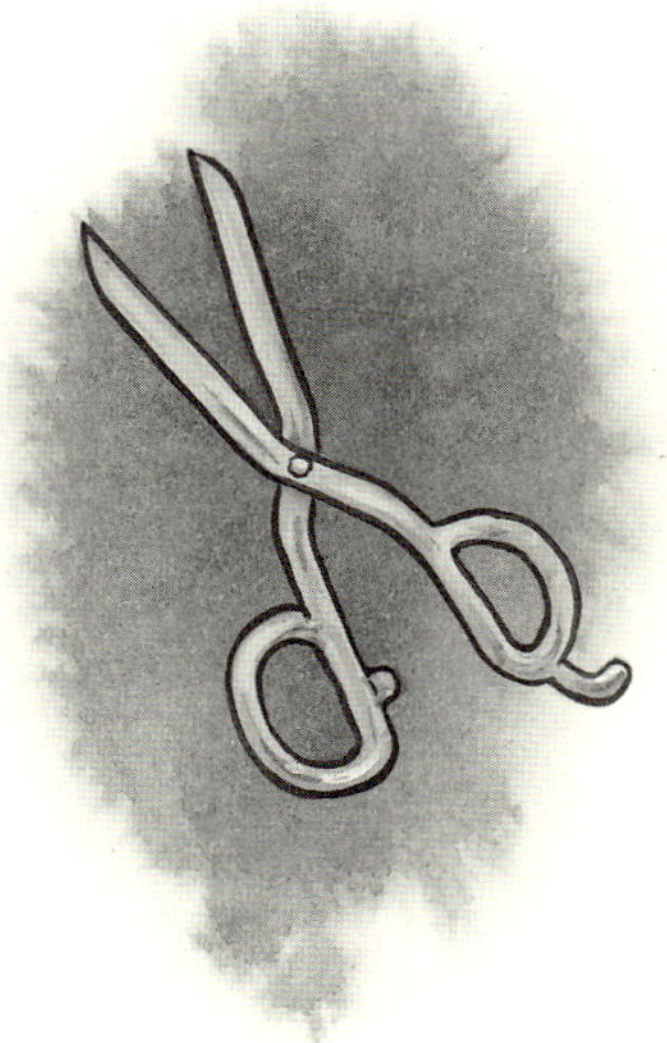

雨《あめ》の季節《きせつ》がおわって、夏《なつ》がやってきました。

つるばら村《むら》でも、昼《ひる》、二十五度《ど》をこす日《ひ》がめずらしくなくなりました。

そんなある日《ひ》の午前中《ごぜんちゅう》、十時《じ》まえのまだ朝《あさ》の涼《すず》しさがのこる店《みせ》に、見知《みし》らぬおじいさんが顔《かお》をだしました。

「研《と》ぎ師《し》ですが、なにかとぐものはありませんか？」

「あら、研《と》ぎ師《し》さんがくるの、ひさしぶりだわ。」

このはさんは、笑顔《えがお》になって、おじいさんを見《み》ました。

研《と》ぎ師《し》とは、包丁《ほうちょう》などの刃物《はもの》をとぐ職業《しょくぎょう》のひとのことです。以前《いぜん》は、町《まち》から一年《ねん》に何回《なんかい》かみえたものですが、このごろは、さっぱりやってこなくなりました。

もっとも、このはさんは、仕事《しごと》でつかうハサミなど、いつも自分《じぶん》でといでいます。

「町《まち》から、いらしたんですか？」

このはさんがたずねると、思《おも》いがけない返事《へんじ》がかえってきました。

「旅《たび》をしながら、研《と》ぎ師《し》をしています。」

「まあ、旅《たび》をしながら。」

おじいさんの話《はなし》に、このはさんは、思《おも》わずひとみをかがやかせました。

「いいですねえ。一度《いちど》、そんな生活《せいかつ》がしてみたいわ。」

このはさんは、店《みせ》の、ハサミやカミソリをいれた棚《たな》に目《め》をやりました。

(せっかくきてくれたんだから、なにかたのむものは……。あ、そうだ、バリカンをたのもう。)

このはさんは、電動《でんどう》バリカンができてからというもの、さっぱりつかうことがなくなった古《ふる》いバリカンのことを思《おも》い出《だ》しました。

「昔《むかし》のバリカンですけど、おねがいしていいですか?」

「もちろんです。」

このはさんが、バリカンをわたすと、おじいさんは、それをうけとって、新聞紙《しんぶんし》にくるんで袋《ふくろ》の中《なか》にいれました。

「では、おあずかりして、のちほどおとどけします。」

「仕事《しごと》は、どこで?」

おじいさんは、袋《ふくろ》を肩《かた》にかけながらこたえました。

「こちらのまえを通《とお》ったので、ついよってしまいましたけど、じつは、いまきたところで、場所《ばしょ》は、まだなんですよ。これから、どこか、風通《かぜとお》しのよい日陰《ひかげ》でもさがします。」

それをきくと、このはさんは、よいことを思《おも》いつきました。

このはさんの店《みせ》のうらには、庭《にわ》があります。そこには、となりにすんでいる若《わか》い大工《だいく》さんから作《つく》ってもらった、屋根《やね》をかけただけの、小《ちい》さな作業場《さぎょうば》があります。いまの季節《きせつ》、このはさんは、朝早起《あさはやお》きして庭仕事《にわしごと》をしたあと、そこのテーブルで、すがすがしい朝《あさ》の空気《くうき》といっしょに、はちみつをたっぷりかけたトーストとコーヒーの朝《あさ》ごはんをいただくのがたのしみです。

「だったら、うちのうらに、とてもせまいんですけど、庭仕事用《にわしごとよう》の作業場《さぎょうば》がありますから、そこをつかいませんか。そこなら、風通《かぜとお》しもいいですよ。」

するとおじいさんは、どうしようかというように、いっしゅん考《かんが》えてから、にこっとしました。

「それじゃあ、おことばにあまえますかな。」

こうして、おじいさんは、このはさんの庭《にわ》で、仕事《しごと》をすることになりました。

作業場《さぎょうば》のテーブルの上《うえ》に砥石《といし》をおいて、仕事《しごと》の準備《じゅんび》をはじめた、おじいさんに、このはさんは、はずんだ声《こえ》でいいました。

「なにかあったら、えんりょなくいってください。」

昼《ひる》が近《ちか》づくと、このはさんは、はりきって、ナスやピーマンのてんぷらをあげました。

「お昼《ひる》、よかったらいっしょに食《た》べませんか。」

このはさんが、声《こえ》をかけると、おじいさんは、かるく片手《かたて》をあげて、ことわるしぐさをしました。

「いや、お昼《ひる》は、パンでも買《か》って食《た》べますから。」

「そんなこと、いわずに、どうぞ。そうめん、ゆでるところですから。」

このはさんのことばに、おじいさんは、もうしわけなさそうに頭《あたま》をさげました。

「じゃあ、ごちそうになります。」

「ちらかってますけど、さあ、どうぞ。」

このはさんは、おじいさんを台所《だいどころ》のテーブルに案内《あんない》すると、ミョウガやネギの薬味《やくみ》といっしょに、てんぷらとそうめんのお昼《ひる》をだしました。

おじいさんが、それらを、とてもおいしそうに残《のこ》さず食《た》べおわると、このはさんは、食後《しょくご》のお茶《ちゃ》をだしながらたずねました。

「旅《たび》をしていると、いろんな刃物《はもの》にであうでしょうねえ。」

おじいさんは、お茶《ちゃ》をひと口《くち》すすって、おだやかにいいました。

「ええ、いく先々《さきざき》で、いろんな刃物《はもの》にあいました。」

「これまで思《おも》い出《で》に残《のこ》っているのは、どんな刃物《はもの》ですか？」

おじいさんは、茶碗《ちゃわん》を茶《ちゃ》たくにもどしながら、どこか遠《とお》くをさまようような目《め》をしました。

「空《そら》をきりさく矢《や》のやじりかなあ。」

「空《そら》をきりさく矢《や》のやじり？」

このはさんが、きょとんとすると、おじいさんは、茶碗《ちゃわん》を茶《ちゃ》たくからあげて、ま

たひと口《くち》、お茶《ちゃ》をすすりました。

「あれは、ちょうどいまごろでした。次《つぎ》の村《むら》までいくため、たまたま、近道《ちかみち》だという峠《とうげ》をこえていたときでした。木《き》が、うっそうとしげる林《はやし》の中《なか》で、とつぜん、うしろから声《こえ》をかけられて、ふりかえったら、もじゃもじゃ頭《あたま》のふしぎな男《おとこ》の子《こ》が、一本《ぽん》の長《なが》い矢《や》を持《も》って、たっていたんです。」

「まあ……。」

「男《おとこ》の子《こ》は、それを、わたしにさしだすと、この矢《や》のやじりをといでほしいといいました。そのやじりときたら、どうしたら、こんなにするどくとがらすことができるのだろうと思《おも》うほど、するどくとがっていて、しかも、青《あお》い宝石《ほうせき》ででもできているように、暗《くら》い林《はやし》の中《なか》で、青《あお》くきらきらとかがやいていました。」

「………。」

「手《て》をふれたら指《ゆび》をきってしまいそうで、さわるのもこわいほどでした。わたしは、このやじりは、とぐ必要《ひつよう》がないといいました。すると、男《おとこ》の子《こ》は、首《くび》をよこにふって、『もっととがないとだめなんだ。だって、これは、空《そら》をきりさく矢《や》なんだから。』

と、ふしぎなことをいうではありませんか。

わたしが、首《くび》をかしげると、男の子《おとここ》は、『空《そら》をきりさく矢《や》は、きりさかれた空《そら》が、いっしゅんのうちにくっついてしまうほど、するどくなくてはならないんだ。』といいました。

それから、乳白色《にゅうはくしょく》をした、見《み》たこともない石《いし》を、どこからかとりだして、これで、といでくれというのです。

どうやら、自分《じぶん》では、その砥石《といし》で、うまくとぐ自信《じしん》がなくて、研ぎ師《とし》のわたしにかわりにといでほしいということのようでした。

男の子《おとここ》が、あまり熱心《ねっしん》にたのむので、その仕事《しごと》をひきうけることにしました。もっとも、それだけでなく、見《み》たことのない砥石《といし》と、それで、といだら、ふしぎなやじりが、どんなになるだろうという好奇心《こうきしん》もありました。でも、ひきうけたものの、へたにといで、やじりをだめにしてしまったらどうしようと、きんちょうして、とぐ手《て》が、思《おも》わずふるえました。」

おじいさんが、さめたお茶《ちゃ》を、ぐっとのみほしたので、このはさんは、あわてて、あたらしいお茶《ちゃ》をいれました。

「それで、どうなったんですか?」

おじいさんは、思《おも》い出《だ》しわらいをするように、目《め》じりにふかいしわをよせました。

「いま思《おも》うと、あのやじりがとげたのは、砥石《といし》のおかげだったんでしょうな。はじめのうちこそ、きんちょうしていましたが、いつのまにか、とぐことに、すっかりむちゅうになっていました。

とぐ必要《ひつよう》がないと思《おも》った、やじりでしたが、いざといでみると、とげばとぐほど、するどくなって、とくに、青《あお》いかがやきがましていきました。

やがて、男《おとこ》の子《こ》が『もう、そのくらいでいいよ。』といって、わたしにとぐのをやめさせました。あのとき、男《おとこ》の子《こ》が、ああいってくれなかったら、わたしは、いつまでも、むちゅうになって、やじりをとぎつづけていたかもしれません。

わたしが、矢《や》をわたすと、男《おとこ》の子《こ》は、うけとって、しばらく、そのやじりをまんぞくそうに見《み》つめていました。それから、お礼《れい》に、砥石《といし》をおくと、どこかにひらりと帰《かえ》っていきました。」

「どこにですか?」

おじいさんは、顔《かお》をななめにして、ちらっと天井《てんじょう》を見上《みあ》げました。

「たぶん、空《そら》でしょうな。」

「え?」

おじいさんは、たのしそうにわらいました。

「ちょっと目《め》をはなしたすきに、目《め》の前《まえ》からいなくなっていました。でも、そのとき、『じゃ、これから、ためしてみる。』って声《こえ》が、上《うえ》のほうからきこえました。それから、にわかに、空《そら》が暗《くら》くなって、ゴロゴロ音《おと》がしはじめたと思《おも》ったら、ぴかっときました。わたしは、林《はやし》の上《うえ》の空《そら》に、いっしゅん、あのやじりが、青《あお》い閃光《せんこう》となって走《はし》るのを見《み》ました。」

ちょうどそのとき、店《みせ》から、元気《げんき》な声《こえ》がしました。

「いますかあ?」

その声《こえ》に、おじいさんは、はっとしたように話《はなし》をやめて立《た》ち上《あ》がりました。

「すみません。つい話《はな》しこんで。」

「いいえ、まだ、ゆっくりしててください。」

このはさんが店《みせ》にでてみると、それは、養蜂家《ようほうか》のナオシさんでした。

ナオシさんは、つるばら村《むら》にある、笛吹《ふえふ》き山《やま》のふもとで、一年《ねん》じゅう、みつばちを飼《か》って、暮《く》らしています。

数日前《すうじつまえ》、このはさんは、ナオシさんに電話《でんわ》で、はちみつを注文《ちゅうもん》したばかりでした。

「先日《せんじつ》は、電話《でんわ》、どうも。はい、これ、今年《ことし》とれたトチノキのはち

みつ。」

ナオシさんは、小《ちい》さな袋《ふくろ》をさしだしました。

「いそがしいのに、わざわざとどけてもらって、ごめんなさいね。」

このはさんが、袋《ふくろ》をうけとると、ナオシさんは、ほがらかにわらいました。

「そろそろ、髪《かみ》の毛《け》、きってもらおうと思《おも》ってたところだったから、ちょうどよかったですよ。」

ナオシさんは、それほどのびていない頭《あたま》で、わざとそんなことをいうと、やってきたついでに、いつもの散髪《さんぱつ》とひげそりをしてもらい、一時間《じかん》ほどで帰《かえ》っていきました。

この日《ひ》の午後《ごご》は、ナオシさんのあとにも、次《つぎ》から次《つぎ》とお客《きゃく》さんがやってきました。

このはさんは、三時《じ》になったら、うらのおじいさんにお茶《ちゃ》をいれて、さっきの話《はなし》のつづきをきこうと思《おも》っていたのに、そんなひまはありませんでした。

このはさんが、やっとひまになったのは、五時《じ》をすぎてからでした。庭《にわ》にいってみると、机《つくえ》の上《うえ》が、きれいにかたづけられて、おじいさんの姿《すがた》はありませんでした。

荷物《にもつ》がおいてあるところを見《み》ると、どうやら、とぎおわった刃物《はもの》をとどけにいったようです。

このはさんが思《おも》ったとおり、しばらくすると、おじいさんが帰《かえ》ってきて、店《みせ》に顔《かお》をだしました。

「これ、おあずかりしたバリカンです。」

「ありがとうございます。」

このはさんは、バリカンをうけとって感心《かんしん》しました。バリカンの刃《は》が、まるで新品同様《しんぴんどうよう》にかがやいています。

「とぎ代《だい》は、おいくらですか?」

このはさんがお金《かね》を払《はら》おうとすると、おじいさんは頭《あたま》をよこにふって、小《ちい》さな包《つつ》みをさしだしました。

「今日《きょう》は、仕事《しごと》の場所《ばしょ》をおかりしたばかりか、お昼《ひる》までごちそうになって、ほんとにありがとうございました。これ、よかったら、店《みせ》の棚《たな》にでもかざってくれませんか。」

「なんですか?」

「砥石《といし》です。」

「え、砥石《といし》をかざる?」

おじいさんは、ふしぎなことをいいました。

「この砥石《といし》、ふつうの刃物《はもの》をとぐのに、むいてないんです。それに、とても重《おも》くて、持《も》って歩《ある》くのがたいへんなものですから。」

「そんなに重《おも》いんですか?」

このはさんは、包《つつ》みをうけとって、びっくりしました。たしかに、それは、ずっしりと、ふつうの砥石《といし》の倍《ばい》はあるだろうかと思《おも》うほど重《おも》いものでした。

「どんな砥石《といし》なんですか? あけていいですか?」

おじいさんがうなずくのを見《み》て、このはさんが、包《つつ》みをあけてみると、中《なか》からあらわれたのは、乳白色《にゅうはくしょく》の砥石《といし》でした。

「これって、もしかして、さっきの話《はなし》の?」

けれども、おじいさんは、このはさんの声《こえ》がきこえなかったように、砥石《といし》をしみじみと見《み》つめながらつぶやきました。

「長《なが》いこと、あのやじりには、研《と》ぎ師《し》の心《こころ》をとりこにする、ふしぎな力《ちから》があって、そのため、とぎだしたらやめられなくなってしまったんだろうって思《おも》ってたけど、もしかしたら、そうさせたのは、この砥石《といし》のほうだったのかもしれないな。」

「え?」

このはさんが、首《くび》をかしげて、おじいさんを見《み》ると、おじいさんは、小《ちい》さくわらって頭《あたま》をさげました。

「それじゃあ、五時半《じはん》のバスにのりますので、これで失礼《しつれい》いたします。」

おじいさんは、もう一度《いちど》かるく頭《あたま》をさげると、あっというまに、暑《あつ》さがやわらいだ通《とお》りへでていきました。このはさんが、砥石《といし》のことと、昼《ひる》の話《はなし》のつづきをたずねるまもありませんでした。

西《にし》の空《そら》に、ばら色《いろ》の雲《くも》がうかんで、遠《とお》くから、さびしげな、ひぐらしの声《こえ》がひびいてきます。

今日《きょう》はもう、お客《きゃく》さんはきそうにありません。

このはさんは、さっきもらった砥石《といし》を店《みせ》の棚《たな》におくと、昼《ひる》ごはんのかたづけがまだだったことを思《おも》い出《だ》しました。

（あのとき、ナオシさんがきて、そのままだったわ。）

台所《だいどころ》にいって、テーブルの上《うえ》のお皿《さら》や茶碗《ちゃわん》をかたづけながら、このはさんは、昼《ひる》間《ま》、おじいさんからきいたふしぎな話《はなし》をあらためて思《おも》い出《だ》しました。

空《そら》をきりさく矢《や》なんて、ほんとうにあるのでしょうか。

かたづけをすませると、このはさんは、おもてとうらの花《はな》たちに水《みず》をやるため、外《そと》にでて、あっと空《そら》を見上《みあ》げました。

さっきまで晴《は》れていたのに、空《そら》が暗《くら》くなって、ゴロゴロ音《おと》がしています。今《いま》にも、雨《あめ》がきそうです。

（花《はな》に水《みず》をやるのをまったほうがよさそう。）

このはさんがそう思《おも》ったとき、空《そら》にぴかっと青《あお》い閃光《せんこう》が走《はし》りました。

そのようすは、まるで、昼間《ひるま》、おじいさんからきいたふしぎな矢《や》が、いっしゅん空《そら》をきりさいたようでした。

（空《そら》をきりさく矢《や》って、稲妻《いなずま》のこと？　じゃあ、男《おとこ》の子《こ》は、雷《かみなり》さま……？）

このはさんは、おどろいて目《め》をぱちぱちさせました。


その夜《よる》のことです。

このはさんは、戸《と》じまりをするまえに、外《そと》にでて空《そら》を見上《みあ》げました。

夕立《ゆうだち》ですっかり洗《あら》われた空《そら》には、満天《まんてん》の星《ほし》がひろがって、天《あま》の川《がわ》が、ミルクでもながしたように、あわく白《しろ》くかがやいていました。

「あすも天気《てんき》がよさそうだわ。」

中《なか》にもどると、このはさんは、店《みせ》のあかりをけして、はっとしました。

棚《たな》の上《うえ》で、なにかが、ぽうっと白《しろ》く、あわい光《ひかり》をはなっているのです。

このはさんは、いっしゅん、たったいま見《み》たばかりの天《あま》の川《がわ》を思《おも》いうかべました。

もちろん、なにが、ひかっているのか、すぐに思《おも》いあたりました。

そうです。おじいさんからもらった、あの砥石《といし》が、かがやいていたのです。

（こんな砥石《といし》、はじめて。もしかして、天《あま》の川《がわ》でとれたものかしら。あのおじいさ

ん、この砥石《といし》がひかることを知《し》ってて、店《みせ》の棚《たな》にでも、かざれって、いったんだわ。だから、あんな、ふしぎなことをいったんだ……。)

このはさんは、おじいさんが、砥石《といし》をくれたとき、ひとりごとのようにつぶやいた、ことばを思《おも》い出《だ》しました。

(あのやじりには、研《と》ぎ師《し》の心《こころ》をとりこにする、ふしぎな力《ちから》があって、そのため、とぎだしたらやめられなくなってしまったんだろうって思《おも》ってたけど、もしかしたら、そうさせたのは、この砥石《といし》のほうだったのかもしれない……。)

その夜《よる》、このはさんは、あかりをけしたまま、いつまでも、ふしぎな砥石《といし》に見《み》とれました。

山《やま》んばの錦《にしき》

このはさんは、ひと月《つき》に一度《ど》、午前中《ごぜんちゅう》の九時《じ》ごろから午後《ごご》の三時《じ》ごろまで、仕事《しごと》の道具《どうぐ》をもって、村《むら》のお年寄《としよ》りの施設《しせつ》にでかけます。そこで、お年寄《としよ》りたちの髪《かみ》をきったり、ひげをそったりします。

お年寄《としよ》りたちはみんな、このはさんがやってくるのをたのしみにしています。

その日《ひ》も、午前中《ごぜんちゅう》に、お年寄《としよ》りたちのところにでかけて、午後《ごご》、店《みせ》にもどる途中《とちゅう》でした。

八月《がつ》もそろそろおわるころで、畑《はたけ》には、ソバの白《しろ》い花《はな》が咲《さ》いていました。

ソバは、あとひと月《つき》もすれば、おいしいソバ粉《こ》のとれる、黒《くろ》い実《み》をつけるはずです。

このはさんが、ソバの白《しろ》い花《はな》に見《み》とれて、足《あし》をとめたときでした。ソバ畑《ばたけ》をわたってくる、さわやかな風《かぜ》が、どこか遠《とお》くのほうから、「トントン、カラリ」と、ふしぎな音《おと》をはこんできたのです。

(あら、あれは、機《はた》を織《お》る音《おと》だわ。このへんに、機《はた》を織《お》るひとがいたかしら?)

このはさんは、耳《みみ》をすませて、あたりに目《め》をやりました。

ソバ畑《ばたけ》のむこうに、山《やま》につづく小《ちい》さな杉林《すぎばやし》があります。機《はた》の音《おと》は、どうやら、そこからきこえてくるようです。

（あそこに、うちがあったかな？）

このはさんが、杉林《すぎばやし》までいってみると、家《いえ》はなくて、機《はた》の音《おと》は、林《はやし》のうしろの山《やま》からきこえてくるのでした。

（だれが、織《お》っているんだろう？　ちょっとだけいってみよう。）

谷川《たにがわ》にかかった丸太《まるた》の一本橋《いっぽんばし》をわたると、ミズヒキソウやツリガネニンジンの花《はな》が咲《さ》く草《くさ》むらに、ほそい山道《やまみち》がつづいていました。

山道《やまみち》は、きつくなったり、ゆるやかになったりしながら、どこまでもつづいています。

このはさんが、山道《やまみち》にはいったときから、夏《なつ》の山《やま》にはつきもののブヨが、まるで行《ゆ》く手《て》をはばむように、どこからか一気《いっき》にあらわれました。

しつこくつきまとうブヨを手《て》をふっておいはらいながら、ちょっとだけのつもりが、なかなかひきかえせなくなって、どれほどのぼったでしょう。

いつのまにか、あたりは平《へい》たんになって、目《め》の前《まえ》には、このはさんの背丈《せたけ》よりも高《たか》いイタドリやヨモギがうっそうとおいしげっていました。

機《はた》の音《おと》が、ジャングルのような草《くさ》むらのむこうからきこえてきます。

ここまできたら、ひきかえすわけにはいきません。

このはさんは、ひるまず、イタドリとヨモギの中《なか》にはいっていきました。そうして、むちゅうになって草《くさ》むらをかきわけていると、ひょっこり、目《め》の前《まえ》がひらけました。

近《ちか》くに、トチノキの大木《たいぼく》がそびえ、その下《した》に、小《ちい》さな家《いえ》があります。中《なか》から機《はた》の音《おと》がしています。

(こんなところに家《いえ》があるなんて!)

このはさんは、そっと家《いえ》に近《ちか》づくと、窓《まど》から、こっそり中《なか》をのぞいて、あっと口《くち》に手《て》をあてました。

中《なか》では、ぼろぼろの着物《きもの》をきたおばあさんが、こちらに背中《せなか》をむけて、機《はた》を織《お》っていたのです。

おばあさんの頭《あたま》ときたら、いつ、クシを通《とお》したものか、見《み》たことがないほどの、ぼうぼう頭《あたま》です。

(きっと、山《やま》んばだわ。たいへんなところにきてしまった。)

気《き》づかれないように、そっともどろうとしたとき、山《やま》んばが、このはさんに背中《せなか》をむけたまま、大《おお》きながらがら声《ごえ》をはりあげました。

「なんの用《よう》だい? わざわざ、髪《かみ》でもきりにきたのかい?」

それをきくと、このはさんは、心臓《しんぞう》がとまりそうなほど、びっくりしました。山《やま》んばには、どうやら、このはさんの職業《しょくぎょう》が、お見通《みとお》しのようです。

(でも、どうして? 一度《いちど》も、こっちを見《み》てないのに。)

このはさんが、ヘビににらまれたカエルのように、かたまったままでいると、山《やま》んばがいいました。

「あんた、自分《じぶん》のことが、どうしてわかったんだろうって、ふしぎに思《おも》ってるね。わたしは、ひとより、鼻《はな》がきいて、一里先《りさき》のにおいまでかぐことができるんだよ。あんたが、山《やま》をのぼりはじめたときから、理容店特有《りようてんとくゆう》のシャンプーや石鹸《せっけん》のにおいに、気《き》がついてたさ。」

(ああ、だからか。)

このはさんは、だいぶまえ、一人旅《ひとりたび》をしたとき、旅先《たびさき》であったひとから「あなた、理容師《りようし》さんでしょ。」と、声《こえ》をかけられたことを思《おも》い出《だ》しました。

このはさんが、「どうして、わかったんですか?」とたずねると、そのひとは、「シャンプーや石鹸《せっけん》のよいにおいがするから。」とこたえたのでした。

(それにしても、一里先《りさき》のにおいまでかぐことができるなんて、すごい。さすが、山《やま》んば。)

このはさんが感心《かんしん》していると、山《やま》んばが、少《すこ》しおだやかな声《こえ》でいいました。

「用《よう》がないなら、さっさとお帰《かえ》り。ここは、人間《にんげん》が、長居《ながい》をするところじゃないよ。それに、わたしは、いま、寝《ね》るひまもないほど、いそがしいんだ。あんたがいると、気《き》がちって、仕事《しごと》にせんねんできないから、帰《かえ》っとくれ。」

山《やま》んばが、片手《かたて》をあげ、さよならをいうように、手《て》をひらひらさせました。

このはさんは、その手《て》の爪《つめ》が長《なが》くのびて、しかも、先《さき》がわれているのを見《み》のがしませんでした。

（ずいぶん長《なが》いあいだ、きってないみたい。きっと、だれも、きってくれるひとがいないいんだわ。）

このはさんは、きゅうに山《やま》んばが気《き》の毒《どく》になりました。

年《とし》をとると、ひとりで爪《つめ》をきるのが、とてもたいへんになるのです。そのため、だれかにきってもらうまで爪《つめ》をのばしたままでいるお年寄《としよ》りがたくさんいます。

店《みせ》に、そんなお年寄《としよ》りがやってくると、このはさんは、のびた爪《つめ》をやさしくきってあげます。

（ついでに、あの髪《かみ》の毛《け》も、とかして、少《すこ》しきってあげよう。）

このはさんは、山《やま》んばの背中《せなか》にむかって、おそるおそるいいました。

「あのう、爪《つめ》と髪《かみ》の毛《け》をきらせてもらえませんか。」

「はあ、なんだって。」

山《やま》んばは、あっけにとられたような声《こえ》をだして、うしろをふりむきました。

その顔《かお》に、このはさんは、あやうく腰《こし》をぬかすところでした。

山《やま》んばの口《くち》は、耳《みみ》までさけていたのです。いえ、よく見《み》ると、それは、赤茶色《あかちゃいろ》の草《くさ》の汁《しる》かなにかで描《か》いたもので、ほんとうの口《くち》は、かわいいおちょぼ口《ぐち》でした。

（ああ、びっくりした。）

このはさんが、胸《むね》をばくばくさせていると、山《やま》んばは、窓《まど》から、ひょいととびだしてきて、思《おも》いがけないことをいいました。

「じゃ、いそいで、やっとくれ。なにしろ、寝《ね》るひまもないほどいそがしいんだからね。」

「あ、はい。」

このはさんは、あたりをさっと見《み》まわして、近《ちか》くにたおれた木《き》を見《み》つけると、山《やま》んばをつれていって、そこにすわらせました。

いそいで、仕事《しごと》の道具《どうぐ》をひろげ、山《やま》んばの髪《かみ》の毛《け》にさわって、このはさんは、意《い》外《がい》な顔《かお》をしました。かたそうに見《み》えた髪《かみ》の毛《け》は、すなおで、手《て》にふれる感《かん》じがとてもよいのです。クシなんて通《とお》したこともなさそうな髪《かみ》の毛《け》なのに、クシをあててみると、クシが、するりと通《とお》ってしまいます。

（こんなに見《み》た目《め》とちがう髪《かみ》の毛《け》も、はじめて。こわそうに見《み》えるけど、ほんとうは、すなおでよいひとなのかもしれない。）

このはさんは、山《やま》んばが、ちっともこわくなくなりました。

クシをあててすっきりとした、山《やま》んばの髪《かみ》は、肩《かた》がかくれるほどでした。しかも、髪《かみ》の毛先《けさき》が、きれいにきりそろえてあります。

「ずいぶんきれいにそろえてありますねえ。まえにきったのは、いつですか？」

このはさんがたずねると、山《やま》んばは、ふっと空《そら》を見上《みあ》げました。

「ネネがきたのは、いつだったかねえ。」

「ネネ？　そのひとが、きってくれたんですか。」

すると、山《やま》んばは、このはさんをよこ目《め》でちらりと見《み》ていいました。

「ネネは、ひとじゃないよ。もっとも、ひとまえでは、人間《にんげん》の姿《すがた》をしてるけどね。」

「えっ、じゃあ、ネネって？」

山《やま》んばは、花《はな》や木《き》の名前《なまえ》でもいうようにこたえました。

「ネネコモリのオオカミさ。」

「え……。」

このはさんは、思《おも》わず口《くち》をあけました。このあたりにオオカミがすんでいるなんて、はじめてききました。

しかも、ひとまえでは、人間《にんげん》の姿《すがた》をしてるなんて、びっくりです。

（もしかして、村《むら》のどこかで、すれちがったりしてるのかしら？）

このはさんが信《しん》じられずに首《くび》をよこにふると、山《やま》んばは、髪《かみ》の毛《け》の長《なが》さをたしかめるように、頭《あたま》の後《うし》ろに手《て》をまわしました。

「あしたあたり、ネネがきそうな気《き》がするけど、あのこは、いま、いそがしいからねえ。わずらわせないように、わたしの髪《かみ》、あんたにきってもらうよ。」

「どのくらいきりますか？」

「しばらくきらなくてもいいように、うんとみじかくしておくれ。」

「はい、わかりました。」

このはさんは、ハサミとクシをすべらせて、山《やま》んばの髪《かみ》を、店《みせ》にやってくるおばあさんたちにしているような、みじかい髪型《かみがた》にしました。

「こんなぐあいですが、どうですか?」

髪《かみ》の毛《け》をきりおわって、鏡《かがみ》を見《み》せると、山《やま》んばは、目《め》をぱちくりさせました。

「へんな頭《あたま》だねえ。こんな頭《あたま》、はじめてだよ。」

山《やま》んばは、このはさんからひったくるようにして、自分《じぶん》で鏡《かがみ》を持《も》つと、「こんなのへんだよ、へんだよ。」といいながら、そのわりには、まんざらでもないようすで、鏡《かがみ》をのぞきました。

そんな山《やま》んばに、このはさんは、気《き》づかれないように、くすりとしました。

「じゃあ、爪《つめ》をきりますから、手《て》をだしてください。」

このはさんが、爪《つめ》きりで、両方《りょうほう》の手《て》の爪《つめ》をきりおえると、山《やま》んばは、たちあがろうとしました。

「あ、まだ、すわっててください。今度《こんど》は、足《あし》の爪《つめ》をきりますから。」

それをきくと、山《やま》んばは、片手《かたて》をはげしくふりました。

「足《あし》の爪《つめ》なんて、いいよ。」

「えんりょせずに、だしてください。」

このはさんが、足《あし》をつかまえると、山《やま》んばは、しぶしぶ、はだしの足《あし》をだしました。そうして、このはさんが、足《あし》の爪《つめ》をきりはじめると、なにかぶつぶつと口《くち》の中《なか》でつぶやきました。

このはさんには、山《やま》んばが、「足《あし》の爪《つめ》まできらせて、すまないねえ。」といったようにきこえました。

足《あし》の爪《つめ》きりもおわると、しあげは、肩《かた》もみです。

山《やま》んばは、このときばかりは、うれしそうでした。それもそのはず、山《やま》んばの肩《かた》は、岩《いわ》のようにこっていたのです。

このはさんが、肩《かた》をもんでいるあいだじゅう、山《やま》んばは、うっとりと目《め》をつぶって、気持《きも》ちのよさそうなため息《いき》をなんどもつきました。

肩《かた》もみもおわって、このはさんが、ハサミやクシをかばんにしまって帰《かえ》ろうとすると、山《やま》んばが、「お茶《ちゃ》でも、のんでおいき。」といいました。

「えっ、でも、おいそがしいんじゃ。」

思《おも》いがけない山《やま》んばのことばに、このはさんが、びっくりした顔《かお》をすると、山《やま》んばは、ぷいと、よこをむきました。

「いやなら、いいんだよ。」

このはさんは、あわてて、頭《あたま》を左右《さゆう》にふりました。

「い、いえ、いただけるんでしたら、ぜひ、いただきたいです。」

「ふん、すなおに、そういえばいいものを。」

このはさんは、わくわくしながら、家《いえ》にもどる山《やま》んばのあとについていきました。

山《やま》んばの家《いえ》の中《なか》は、どうなっているのでしょう。そうして、山《やま》んばのいれるお茶《ちゃ》とは、どんなものなのでしょう。

(わあ、きょうは、きて、よかった!)

山《やま》んばの家《いえ》の中《なか》は、こざっぱりとかたづいていました。というより、あまりよけいなものがありませんでした。部屋《へや》のすみに、小《ちい》さなかまどがあり、真《ま》ん中《なか》に、でんと、黒光《くろびか》りのする、りっぱな機《はた》がおいてありました。

中《なか》のうす暗《ぐら》さに目《め》がなれると、このはさんは、機《はた》で、途中《とちゅう》まで織《お》られた織物《おりもの》に、思《おも》わず目《め》を見《み》はりました。それは、赤《あか》いモミジや、黄色《きいろ》いブナなど、山《やま》じゅうの秋《あき》の木《こ》の葉《は》を、金《きん》や銀《ぎん》や色《いろ》とりどりの糸《いと》で織《お》りこんだ、とてもはなやかで、ごうかなものだったのです。

「まるで花嫁《はなよめ》さんの打《う》ちかけみたい！」

このはさんが、機《はた》のまえにたって見《み》とれていると、山《やま》んばは、気《き》をよくしていいました。

「さっき話《はな》したネネにおくるんだよ。婚礼《こんれい》まで、あとひと月半《つきはん》しかないから、寝《ね》るひまもないのさ。」

「え、ネネさん、結婚《けっこん》するんですか？」

山《やま》んばは、自分《じぶん》の娘《むすめ》の話《はなし》でもするように、ほくほくした声《こえ》をだしました。

「トウゲノカミの一人息子《ひとりむすこ》といっしょになることになってね。いま、山《やま》じゃ、トウゲノカミの一人息子《ひとりむすこ》が、オオカミの娘《むすめ》を嫁《よめ》にするって、そりゃあ、たいへんなうわさだよ。」

（じゃあ、これは、やっぱり花嫁《はなよめ》さんの打《う》ちかけなんだ！）

このはさんは、こんな美《うつく》しい打《う》ちかけをはおるオオカミの娘《むすめ》にあってみたくなりました。

かまどにかけた釜《かま》のお湯《ゆ》がわくと、山《やま》んばは、どこからか、葉《は》っぱをひとつかみとりだして、ほうりこみました。

それから、釜《かま》の中《なか》をかきまわして、あたりに、よいかおりがただようと、釜《かま》の中《なか》のお茶《ちゃ》を木《き》のおわんにいれて、このはさんにだしました。

「いただきます。」

ふうふうしながら、ひと口《くち》いただいて、このはさんは、ひとみを大《おお》きくしました。

ほんのりあまくて、かおりがよくて、こんなにおいしいお茶《ちゃ》ははじめてです。

(なんだか、つかれがとれて、からだがかるくなっていくみたい。なんの葉《は》っぱでつくったお茶かしら?)

このはさんが、お茶《ちゃ》をのみおえると、山《やま》んばがいいました。

「山《やま》じゅうの、からだによい薬草《やくそう》を乾燥《かんそう》させて、つくったものだけど、気《き》にいったかい。」

「はい。どうもごちそうさまでした。そろそろ、おいとまします。」

このはさんが、外《そと》にでると、あたりは、いつのまにか、日《ひ》がくれはじめていました。

「また、きますね。」

このはさんのことばに、山《やま》んばは、わざと、おちょぼ口《ぐち》をまげて、ぶあいそうな顔《かお》をしました。

「まっ、すきにおし。あんたのおかげで、頭《あたま》も肩《かた》も、かるくなったから、仕事《しごと》がはかどって、ひと月半後《つきはんご》の婚礼《こんれい》までには、なんとかまにあいそうだよ。」

「婚礼《こんれい》は、どこでするんですか？」

「トウゲノカミ。その日《ひ》は、山《やま》じゅうのものが、トウゲノカミにあつまってお祝《いわ》いをすることになっている。」

山《やま》んばとわかれると、このはさんは、いそいで山《やま》をおりました。

ふしぎなことに、あのジャングルのように高《たか》くしげったイタドリとヨモギの草《くさ》むらは、どこにもありませんでした。なぜか、ブヨも、すっかり姿《すがた》をけしていました。

ところで、このはさんは、近《ちか》ごろ、山《やま》をくだるのが、苦手《にがて》でした。以前《いぜん》は、のぼりより、くだりのほうが、らくだったのに、それが、年《とし》をとるにつれて、くだりでは、ひざが痛《いた》むようになったのです。

のぼりより、くだりのほうがたいへんになるなんて、それこそ、若《わか》いころには、想像《そうぞう》もつかなかったことでした。

ところが、きょうは、どうしたのでしょう。ひざが、ちっとも痛《いた》くならないばかりか、まるで、足《あし》に、はねがはえたようなのです。

このはさんは、まるで若《わか》いころにもどったように、山《やま》の斜面《しゃめん》を、かけおりました。でも、途中《とちゅう》で、すっかり暗《くら》くなってしまいました。

「わあ、たいへん。どうしよう。」

このはさんがつぶやいたとき、とつぜん前方《ぜんぽう》に、ぽっと小《ちい》さなあかりがつきました。

そばにいってみると、うすむらさき色《いろ》のツリガネニンジンの花《はな》にあかりがともっていました。そうして、小《ちい》さなあかりは、斜面《しゃめん》の下《した》のほうにむかってつづいているのでした。

「きっと、山《やま》んばが、道《みち》にまよわず帰《かえ》れるように、花《はな》にあかりをともしてくれたんだわ。」

このはさんは、山《やま》のほうをふりかえると、見《み》えない山《やま》んばにむかって、お礼《れい》をいいながら腰《こし》をかがめました。

ツリガネニンジンにともった、あかりをたよりに、それからまもなくして、このはさんは、谷川《たにがわ》にかかる丸太《まるた》の一本橋《いっぽんばし》につきました。

橋《はし》をわたり、杉林《すぎばやし》を通《とお》り過《す》ぎると、外灯《がいとう》がともった、見《み》おぼえのある道《みち》にでました。まっくらな畑《はたけ》のむこうに、あかりのついた家《いえ》が見《み》えます。

「ここまでくれば、もう安心《あんしん》。」

ほっとしてふりかえると、ツリガネニンジンから、あかりがきえて、山《やま》はまっくらになっていました。

「年《とし》がいもなく、山《やま》をかけおりたりしたから、あとで筋肉痛《きんにくつう》がひどいだろうな。」

けれども、ふしぎなことに、何日《なんにち》たっても、筋肉痛《きんにくつう》はおこりませんでした。

このはさんは、ひざが痛《いた》くもならず、山《やま》をあんなに早《はや》くかけおりられたのも、そのあと筋肉痛《きんにくつう》にならなかったのも、山《やま》んばのお茶《ちゃ》のせいにちがいないと思《おも》いました。

さて、それからひと月半《つきはん》たった、十月《がつ》のある日《ひ》、このはさんの店《みせ》に、見《み》かけない娘《むすめ》がやってきました。

娘《むすめ》は、きりっとした、すずしいひとみをして、そのひとみに見《み》つめられると、すいこまれてしまいそうでした。

「顔《かお》の毛《け》をそってくれますか?」

それから、娘《むすめ》は、はずかしそうに、こんなことをいいました。

「わたし、まだ一度《いちど》も、顔《かお》の毛《け》をそったことがないんです。でも、あしたは、結婚《けっこん》式《しき》で、顔《かお》に、おしろいをぬるので、顔《かお》の毛《け》をそりにきました。」

「まあ、それは、おめでとうございます。」

娘《むすめ》の顔《かお》には、いわれないとわからないほどの金色《きんいろ》のうぶ毛《げ》が、うっすらとはえていました。

このはさんは、娘《むすめ》の顔《かお》に、あわだてた粉《こな》せっけんをつけると、うぶ毛《げ》をていねいにそりました。そうして、そりおわると、クレンジングクリームをつけて、顔《かお》じゅうをやさしくマッサージしました。肌《はだ》のきめをととのえるため、とくべつに、パックもしました。

「これで、あしたは、おしろいののりが、ぐんとよくなりますよ。」

娘《むすめ》が帰《かえ》るとき、このはさんは、結婚《けっこん》のお祝《いわ》いに、黄色《きいろ》いタオルをプレゼントしました。

「結婚式《けっこんしき》は、どこでするんですか?」

娘《むすめ》は、きりっとした、すずしいひとみを、このはさんにまっすぐむけてこたえました。

「トウゲノカミです。」

「トウゲノカミですって！」

このはさんがおどろくと、娘《むすめ》は、にこっとわらって、風《かぜ》のようにかろやかな足《あし》どりで店《みせ》をでていきました。

(あのこが、きっと、山《やま》んばが話《はな》していたネネなんだわ。)

次《つぎ》の日《ひ》、このはさんは、結婚式《けっこんしき》のことが、どうしても気《き》になって、店《みせ》に、こんなはり紙《がみ》をしました。

「本日《ほんじつ》は、都合《つごう》により、お休《やす》みいたします。」

このはさんが、トウゲノカミに出《で》かけてみると、あたりは、よいお天気《てんき》なのに、トウゲノカミだけ、すっぽりとふかい霧《きり》におおわれていました。

(きっと、結婚式《けっこんしき》は、人間《にんげん》が見《み》てはいけないんだわ。)

このはさんが、あきらめて帰《かえ》ろうとしたとき、トウゲノカミの中腹《ちゅうふく》から、いっしゅん霧《きり》がとれました。

このはさんは、はっと息《いき》をのみました。霧《きり》の中《なか》からあらわれた中腹《ちゅうふく》は、赤《あか》や黄色《きいろ》にそまり、まわりのどの山《やま》の紅葉《こうよう》より、ひときわあざやかだったのです。

（山《やま》んばが織《お》っていた、あの錦《にしき》に、そっくり！）

そのとき、このはさんは、山《やま》んばが、せっかくやってきた自分《じぶん》に、花嫁《はなよめ》の姿《すがた》を、とくべつに、ちょっとだけ見《み》せてくれたようで、胸《むね》があつくなったのでした。

風力《ふうりょく》 発電《はつでん》

冷《つめ》たい木枯《こが》らしにのって、雪《ゆき》が、ちらちらとんでくるようになりました。

このはさんの、枯《か》れ草《くさ》だけになってしまった庭《にわ》では、黒《くろ》い水玉模様《みずたまもよう》をした黄色《きいろ》い風車《かざぐるま》が二つ、夏《なつ》にユリの花《はな》が咲《さ》いていたところで、木枯《こが》らしに、からからとまわっています。

風車《かざぐるま》は、直径《ちょっけい》が三十センチ以上《いじょう》もあります。それは、この春《はる》、庭《にわ》の土《つち》に、トンネルのようにもりあがった、地面《じめん》の下《した》をモグラが歩《ある》いたあとを見《み》つけたとき、町《まち》から買《か》ってきて、庭《にわ》の土《つち》にさしておいたものでした。

このはさんの庭《にわ》では、これまでなんども、ユリの根《ね》をモグラに食《た》べられて、花《はな》が咲《さ》かないことがありました。

このはさんは、風車《かざぐるま》の振動《しんどう》が、モグラをよせつけないときいて、今年《ことし》は、風車《かざぐるま》を庭《にわ》にさしてみたのでした。

その風車《かざぐるま》を、ある日《ひ》、このはさんは、物置《ものおき》にかたづけました。

(春《はる》がくるまで、お休《やす》みさせましょう。)

風車《かざぐるま》のおかげか、この夏《なつ》、庭《にわ》には、ユリの花《はな》が例年《れいねん》よりもたくさんみごとに咲《さ》きました。

さて、風車《かざぐるま》を、物置《ものおき》にしまった、その夜《よる》のこと。

このはさんが、そろそろ店《みせ》をしめようとしていると、店《みせ》の戸《と》を、だれかが、小《ちい》さくたたきました。

店《みせ》のガラス戸《ど》のむこうに、ひとかげは見《み》えません。

「へんね？」

このはさんが、戸《と》をあけると、足《あし》もとから、ささやくような声《こえ》がしました。

「こんばんは。わたくし、もぐすけと申《もう》します。おねがいがあってきました。」

「え？」

このはさんは、声《こえ》のするほうに目《め》をおとして、目《め》をまんまるにしました。足《あし》もとに、つやつやと毛並《けな》みのよい灰色《はいいろ》のモグラがたっていたのです。

このはさんが、あっけにとられていると、モグラのほうから、話《はなし》をきりだしました。

「風車《かざぐるま》を、もうしばらく、たてておいてもらえませんでしょうか?」

「風車《かざぐるま》って?」

「庭《にわ》にたっていた、あの風車《かざぐるま》です。」

「え、だって、あれは……。」

このはさんは、思《おも》わず口《くち》ごもりました。あれは、もとはといえば、モグラをさけるために、わざわざ町《まち》から買《か》ってきて、庭《にわ》にたてたものです。それを、モグラが、とりのぞいてほしいというのならともかく、もうしばらくたてておいてほしいとは、どういうことでしょう。

風車《かざぐるま》がまわると、その振動《しんどう》が地面《じめん》につたわって、モグラがやってこないというのは、うそだったのでしょうか。

(だったら、庭《にわ》に、あんな風車《かざぐるま》なんか、たてるんじゃなかったわ。)

黒《くろ》い水玉模様《みずたまもよう》をした黄色《きいろ》い風車《かざぐるま》は、庭《にわ》の花《はな》より目立《めだ》って、とても人目《ひとめ》をひきました。そのそばで咲《さ》くユリの花《はな》は、風車《かざぐるま》のおかげで、かげがうすくなったみたいでした。

このはさんが、ためいきをつくと、モグラがいいました。

「こちらの風車《かざぐるま》のおかげで、この夏《なつ》は、電気《でんき》不《ぶ》足《そく》が解消《かいしょう》されて、たすかりました。」

「風車《かざぐるま》のおかげで、電気《でんき》不《ぶ》足《そく》が解消《かいしょう》された？」

このはさんが、首《くび》をかしげると、モグラは、信《しん》じられないことをいいました。

「ぼくは、風力《ふうりょく》発電《はつでん》の技師《ぎし》をやってましてね。あちこちの庭《にわ》に、モグラよけにたててある風車《かざぐるま》から、電気《でんき》をあつめる仕事《しごと》をしてるんです。」

「へえ、風車《かざぐるま》から電気《でんき》を……。」

このはさんは、いつだったか高原《こうげん》で見《み》かけた、風力《ふうりょく》発電《はつでん》の巨大《きょだい》な風車《ふうしゃ》のことを思《おも》い出《だ》しました。

すると、モグラの話《はなし》も、まんざらうそではないように思《おも》えてきたのです。あの高《こう》原《げん》の巨大《きょだい》な風車《ふうしゃ》にくらべたら、とてもちっぽけな庭《にわ》の風車《かざぐるま》からだって、電気《でんき》をとることはできるかもしれません。

でも、庭《にわ》の風車《かざぐるま》から、どうやって電気《でんき》をあつめるのでしょう。

このはさんが考《かんが》えていると、モグラがいいました。

「風車《かざぐるま》のある地面《じめん》の下《した》に、電気《でんき》をあつめる機械《きかい》がおいてあります。と申《もう》しましても、どこの庭《にわ》の下《した》にもあるわけではありませんで、このあたりでは、こちらの庭《にわ》の下《した》にだけ、おいてあります。そこであつめた電気《でんき》は、わたしたちがほったトンネルにひいてある電線《でんせん》をつたって、いろいろなところにとどけられます。」

「いろいろなところって？」

「ウサギのひらいている喫茶店《きっさてん》とかホテルとか、いろいろです。夜道《よみち》にこまらないように、花《はな》のランプに、電気《でんき》をおくることもあります。」

「花《はな》のランプですって！」

このはさんは、二か月半前《げつはんまえ》、山《やま》んばの家《いえ》からの帰《かえ》り、ツリガネニンジンの花《はな》にあかりがともったことを思《おも》い出《だ》しました。

あれは、モグラのおくった電気《でんき》のあかりだったなんて、ちっともしりませんでした。

「あなたたちをさけるために庭《にわ》にたてた風車《かざぐるま》が、ぎゃくに利用《りよう》されていたなんてねえ。おどろいたわ。たいしたものねえ。」

このはさんが、しきりに感心《かんしん》すると、モグラは、けんそんするように頭《あたま》をふりました。

「たいしたものだなんて、そんな……。じつは、昨年《さくねん》まで、あまり電気《でんき》をあつめられませんでしたが、今年《ことし》は、こちらが、庭《にわ》に、二つも、大《おお》きな風車《かざぐるま》をたててくださったおかげで、電気《でんき》の量《りょう》が、ぐんとふえました。」

「まあ、そうだったの。」

このはさんは、思《おも》わず苦笑《くしょう》しました。

「そんな大事《だいじ》なものとはしらないで、かたづけてしまって、ごめんなさいね。あしたになったら、また、おなじところにたてとくわ。」

それをきくと、モグラは、ほっとしたように肩《かた》をまるくしました。

「そうしていただけると、とてもたすかります。これからの季節《きせつ》、電気《でんき》の消費量《しょうひりょう》がふえますので、いまのうちに、しっかり電気《でんき》をあつめておかないと、みんなにとどけることができません。それでは、どうかよろしくおねがいします。」

モグラは、地面《じめん》につくほど頭《あたま》をさげると、たちまち、店《みせ》のまえにおいた植木鉢《うえきばち》のかげにかくれて見《み》えなくなりました。

翌朝《よくあさ》、このはさんは、かたづけた風車《かざぐるま》をだしてきて、その柄《え》を、庭《にわ》の土《つち》に、しっかりとさしこみました。

それから、よいことを思《おも》いついて、ひまわり洋品店《ようひんてん》のはるかさんのところにとんでいきました。

「ねえ、あの風車《かざぐるま》、どうした？」

じつは、風車《かざぐるま》は、はるかさんといっしょに町《まち》に出《で》かけて、おたがい、二つずつ、おなじものを買《か》ってきたのです。

「雪《ゆき》がふるまえにと思《おも》って、二、三日《にち》まえに、かたづけたわよ。」

はるかさんの話《はなし》をきくと、このはさんは、両手《りょうて》をあわせました。

「あれ、かしてくれない？」

「いいわよ。どうせ、春《はる》までつかわないから。でも、あれ、どうするの？」

「うん、ちょっとね。あとで、わけはおしえてあげる。」

このはさんのことばに、はるかさんは、ふしぎそうにしながら、でも、こころよく風車《かざぐるま》をかしてくれました。

「ありがとう、じゃあね。」

このはさんは、庭《にわ》にもどると、かりてきた風車《かざぐるま》を、さっそく、すでにたててある風車《かざぐるま》のそばにたてました。

すると、木枯《こが》らしがふいてきて、四つの風車《かざぐるま》を、カラカラとまわしはじめました。

木枯《こが》らしは、風車《かざぐるま》をまわすのをたのしんでいるみたいです。

このはさんは、「おお、寒《さむ》っ。」と、肩《かた》をちぢめると、木枯《こが》らしに、わらって話《はな》しかけました。

「木枯《こが》らしさん、おねがい、風車《かざぐるま》を、まわしつづけてちょうだいね。」

さて、それからというもの、このはさんは、ひまさえあれば、庭《にわ》の風車《かざぐるま》を見《み》にいきました。

風車《かざぐるま》が、たおれたりしていないか、ちゃんとまわっているか点検《てんけん》するためです。

さいわい、風車《かざぐるま》のまわりでは、いつも木枯《こが》らしがふいていて、四つの風車《かざぐるま》は、やすむことなく、まわっていました。

ところが、ある朝《あさ》、このはさんがおきると、外《そと》は、一面《いちめん》、雪《ゆき》におおわれていました。

「あら、たいへん！」

このはさんが、庭《にわ》にとんでいくと、風車《かざぐるま》のはねに、雪《ゆき》がついて、まわるのがにぶくなっていました。

このはさんは、はねについた雪《ゆき》を、ていねいにふきとって、風車《かざぐるま》が、また、いきおいよくまわれるようにしてやりました。

こんなふうに、このはさんが、たえず見《み》にいったおかげで、四つの風車《かざぐるま》は、くる日《ひ》もくる日《ひ》もぶじにまわりつづけました。

モグラは、あれっきり、あらわれませんでした。

「たまには、なんとかいってきてくれてもいいのに。」

このはさんが、ちょっぴりつまらなく思《おも》っていると、ある夜《よる》、モグラがやってきました。

「ごぶさたして、すみませんでした。風車《かざぐるま》のこと、心《こころ》からお礼申《れいもう》しあげます。思《おも》いがけず、四つも、たててくださったおかげで、とてもたすかっています。毎年《まいとし》、クリスマスにつかう電気《でんき》がたりなくてこまっていましたが、今年《ことし》は、こちらの風車《かざぐるま》のおかげで、せいだいに、クリスマスが祝《いわ》えそうです。」

それから、モグラは、小《ちい》さなカードをうやうやしくさしだすと、

「クリスマスのパーティーをしますので、よかったら、きてください。」

と、いいました。

「まあ、クリスマスのパーティー！　あのう、友《とも》だちをひとりさそって、いっしょにいってもいいかしら？　じつは、四つの風車《かざぐるま》のうち、二つは、その友《とも》だちからかりたものなの。」

このはさんがたのむと、モグラは、大《おお》きくうなずきました。そうして、

「風車《かざぐるま》をかしてくださったかたなら、ぜひ、おさそいください。ほかにも、どなたか、おさそいしたいかたがいらしたら、ごいっしょにどうぞ。では、当日《とうじつ》、夜《よる》の八時《じ》になったら、むかえにきますので、うんとあたたかくしてまってってください。」

といって、帰《かえ》っていきました。

「クリスマスのパーティーだなんて、うれしいわ。いったいいつなのかしら？」

このはさんは、ひとりになると、眼鏡《めがね》をかけ、胸《むね》をわくわくさせてカードを見《み》ました。すると、パーティーは、あさってではありませんか。

「あら、すぐじゃない。」

翌日《よくじつ》、このはさんは、はるかさんのところにいきました。

「じつはね……。」

このはさんが、風車《かざぐるま》をかりたわけといっしょに、パーティーの話《はなし》をすると、はるかさんは、ひとみをかがやかせました。

「わあ、そうだったの。あすは、ぜったい、いっしょにいく、いく。」

「たぶん、そういうと思《おも》ったわ。それでね、パーティーへ、手《て》ぶらでいくってわけにもいかないから、三日月屋《みかづきや》のクリスマスのパンを持《も》っていこうと思《おも》うの。」

三日月屋《みかづきや》とは、駅前《えきまえ》で、パン職人《しょくにん》のくるみさんがひらいているパン屋《や》さんです。

くるみさんが、クリスマスの季節《きせつ》にやくクリスマスのパンは、上《うえ》に、干《ほ》したブドウやイチジクが宝石《ほうせき》のようにのっていて、まるで、クリスマスケーキのようです。中《なか》には、木《こ》の実《み》やドライフルーツがたっぷりはいっています。

「クリスマスのパン、持《も》ってったら、ぜったい、よろこばれるわよ。パン代《だい》、わたしにも、はんぶん、もたせてね。」

はるかさんのことばに、このはさんは、にっこりすると、きゅうにあらたまって、はるかさんを見《み》ました。

「ありがとう。でも、それだけじゃなく、クッキーを自分《じぶん》でやいて持《も》っていこうと思《おも》うんだけど、今晩《こんばん》、つくるの、手伝《てつだ》ってくれる?」

すると、はるかさんは、いっしゅん、返事《へんじ》にこまった顔《かお》をしました。

「えっ、クッキー……。しばらく、やいてないけど、いいわよ。」

その夜《よ》、このはさんは、早《はや》めに店《みせ》をしめると、クッキーづくりの準備《じゅんび》にとりかかりました。

はるかさんも店《みせ》をしめてから手伝《てつだ》いにやってきました。

はるかさんがやってきてまもなく、もうひとり、心強《こころづよ》い助《すけ》っ人《と》があらわれました。

駅前《えきまえ》でパン屋《や》さんをしている、くるみさんがやってきたのです。

「夕方《ゆうがた》、クリスマスのパンを注文《ちゅうもん》しにいって、今晩《こんばん》、うちでクッキーをやくことを話《はな》したら、手伝《てつだ》ってくれるっていうんで、おねがいしたの。」

このはさんの話《はなし》に、はるかさんは、ほっとしたようすをしました。

「くるみさんがきてくれて、よかったわ。このはさんとふたりきりで、クッキーをやくの、不安《ふあん》だったの。」

「あら、そうだったの。」

このはさんが、わざとほっぺたをふくらませると、くるみさんがわらっていいました。

「クッキーをやくの、お手伝《てつだ》いするかわりに、わたしも、あした、パーティーにいっていいですか？」

「もちろん。」

このはさんがうなずくと、くるみさんは、エプロンを、きりりとしめなおして、クッキーづくりにとりかかりました。

くるみさんがきてくれたので、このはさんとはるかさんは、くるみさんのアシスタントにまわりました。

くるみさんが、小麦粉《こむぎこ》に、バターと砂糖《さとう》とたまごとミルクをいれて、クッキーの生地《きじ》をつくると、このはさんとはるかさんが、それに、クルミやレーズンをたっぷりまぜあわせました。

その生地《きじ》を、くるみさんが、うすくのばすと、このはさんとはるかさんは、生地《きじ》を星《ほし》や三日月《みかづき》など、いろいろな形《かたち》にくりぬきました。

それらを天《てん》ぱんにならべ、あついオーブンにいれて十分《ぷん》。

小《ちい》さな台所《だいどころ》じゅうに、おいしいにおいがただよって、クッキーが、こんがりやきあがりました。

三人《にん》は、やきあがったクッキーを冷《さ》ましてから、粉砂糖《こなざとう》を水《みず》でねったものでふちどりをしたり、絵《え》を描《か》いたりしました。


次《つぎ》の日《ひ》の夜《よる》、このはさんとはるかさんとくるみさんが、クッキーとクリスマスのパンの箱《はこ》をかかえて、このはさんの店《みせ》のまえで、むかえがくるのをまっていると、モグラをひとまわり小《ちい》さくしたヒミズがやってきました。

「おまたせして、すみません。もぐすけさんは、今晩《こんばん》の準備《じゅんび》で、いそがしいので、ぼくが、かわりにきました。」

つるはら
理容店

ヒミズのあとをついていくと、三人《にん》は、森《もり》の中《なか》の大《おお》きなモミの木《き》につきました。

するとどこからか、モグラがあらわれました。

「きょうは、みなさん、おいそがしいところを、よくおいでくださいました。では、パーティーをはじめるまえに、点灯式《てんとうしき》をおこないます。」

「点灯式《てんとうしき》？」

三人《にん》が、顔《かお》を見《み》あわせると、モグラが、細《ほそ》いひものようなものがついたドングリをもってやってきました。

「では、このはさん、みんなを代表《だいひょう》して、このスイッチをおしてください。」

「え？　どこをおせばいいの？」

このはさんが、たずねると、モグラは、

「ドングリの頭《あたま》の上《うえ》をおしてください。」

と、スイッチをおすしぐさをしました。

いわれてみると、ドングリの頭《あたま》の上《うえ》に、ぽちっと、まるいものがとびだしています。

「では、どうぞ!」

モグラのかけ声《ごえ》にあわせ、ドングリの頭《あたま》をおして、このはさんは、あっと、ひとみを大《おお》きくしました。

目《め》の前《まえ》のモミの木《き》に、たくさんのあかりがともったのです。そのようすは、まるで、空《そら》から星《ほし》がおりてきて、いっせいにまたたきはじめたようでした。

「わあ!」

このはさんのうしろのほうで、歓声《かんせい》とともに、たくさんの拍手《はくしゅ》がおこりました。

「え?」

思《おも》わず、うしろをふりかえったこのはさんは、目《め》を見《み》はりました。

あちこちの茂《しげ》みに、たくさんの動物《どうぶつ》たちがいて、みんな、モミの木《き》を見上《みあ》げていたのです。

「おどろいたわねえ……。」

よこで、はるかさんとくるみさんがささやいたとき、とつぜん、音楽《おんがく》がなりひびきました。

音《おと》がしたほうを見《み》ると、タヌキやキツネの楽団《がくだん》が、バイオリンやトランペットをかかえて演奏《えんそう》しています。

曲《きょく》は、クリスマスが近《ちか》づくとテレビやラジオからよく流《なが》れる『ホワイトクリスマス』でした。

「まあ、すてき。」

三人《にん》が、うっとり音楽《おんがく》に耳《みみ》をかたむけていると、音楽《おんがく》にあわせるように雪《ゆき》がまいはじめました。

モミの木《き》のクリスマスツリーが、粉雪《こなゆき》をふりかけたように白《しろ》くなっていきます。

いつのまにか、その下《した》には、お皿《さら》がたくさんならんだ大《おお》きなテーブルがありました。

お皿《さら》は、どれもからっぽで、どうやら、料理《りょうり》はこれからのようです。

「どんな料理《りょうり》がでるのかしら。」

三人《にん》が、ひそひそ話《はな》していると、

「さあ、みなさん、たってないで、まえにどうぞ。持《も》ってきたごちそうを、お皿《さら》に、あけてください。」

むかえにきた、あのヒミズが、大声《おおごえ》をあげました。

「料理《りょうり》は、持《も》ち寄《よ》りなんだわ。よかったわね、手《て》ぶらでこなくて。」

このはさんとはるかさんが、テーブルにいって、お皿《さら》にクッキーをもると、くるみさんが、となりのお皿《さら》にクリスマスのパンをおいて、みんなにゆきわたるよう、パンを小《ちい》さくきりわけました。

茂《しげ》みにいた動物《どうぶつ》たちも、次々《つぎつぎ》にでてきて、お皿《さら》に、自分《じぶん》たちが持《も》ってきたものをもりはじめました。

三人《にん》は、きょうみしんしんで、動物《どうぶつ》たちが持《も》ってきたものを見《み》て、思《おも》わず口《くち》もとをゆるめました。

お皿《さら》にもられたのは、干《ほ》し柿《がき》をのぞけば、クリやクルミやドングリなど、木《こ》の実《み》がほとんどだったのです。

パーティーがはじまると、みんなの手《て》が、まっさきに、くるみさんのパンにのびました。そうして、つぎは、クッキーに。

おかげで、パンとクッキーのお皿《さら》は、あっというまに、からっぽになってしまいました。

雪《ゆき》が、本降《ほんぶ》りになってきて、モミの木《き》のあかりが、だんだんよわくなりはじめました。

三人《にん》は、雪《ゆき》がひどくならないうちに帰《かえ》ることにしました。

「わたしたちは、そろそろおいとまします。」

すると、モグラが、どこからか、リボンのかかった小《ちい》さな箱《はこ》を三つもってきました。

「今夜《こんや》は、ありがとうございました。これ、つまらぬものですが、プレゼントです。」

「まあ、ありがとう。」

三人《にん》は、モグラにお礼《れい》をいって、モミの木《き》をあとにしました。


さて、モグラからもらった箱《はこ》には、ふしぎな形《かたち》をした小《ちい》さなフォークがはいっていました。柄《え》には、モグラのマークがついていて、箱《はこ》の中《なか》には、こんな説明書《せつめいが》きがありました。

「モグラ印《じるし》のフォーク・モグラの手《て》は、どんなかたい土《つち》でもほることができます。」

どうやら、フォークのふしぎな形《かたち》は、モグラの手《て》ににせてあるようです。

次《つぎ》の日《ひ》、このはさんは、さっそく、庭《にわ》にでて、昨夜《さくや》ふった雪《ゆき》の下《した》の、凍《こお》ってかたくなった土《つち》をちょっとほってみました。そうして、びっくりしました。まるで、雨《あめ》のあとの、やわらかくなった土《つち》でもほるように、かんたんに土《つち》がほれてしまったのです。

(わあ、いいものをもらったわ。春《はる》になって、庭《にわ》に花《はな》の種《たね》をまくときには、これをつかいましょう。)

このはさんは、モグラのプレゼントを、うちの中《なか》のひきだしに、たいせつにしまいました。

ネズミのお礼《れい》

今日《きょう》は、十二月《がつ》の二十九日《にち》です。

このはさんは、朝《あさ》から大掃除《おおそうじ》にとりかかりました。そうして、昼近《ひるちか》く、店《みせ》の窓拭《まどふ》きをするため、指輪《ゆびわ》をはずそうとして、はっとしました。はずそうと思《おも》った指輪《ゆびわ》が、指《ゆび》にないではありませんか。

「あっ、そういえば、さっき、廊下《ろうか》を雑巾《ぞうきん》がけしたとき、はずして、エプロンのポケットにいれたんだった。」

ところが、エプロンのポケットに手《て》をいれてみると、はいっていませんでした。

「腰《こし》をかがめたとき、おとしたのかな?」

けれども、指輪《ゆびわ》は、廊下《ろうか》にもありませんでした。

「あ、もしかして……。」

雑巾《ぞうきん》がけのあと、このはさんは、庭《にわ》にでて、風車《かざぐるま》の調子《ちょうし》をたしかめたり、たおれた鉢《はち》をおこしたりしました。

(廊下《ろうか》じゃないとすると、きっと庭《にわ》だわ。)

このはさんは、庭《にわ》にいくと、さっき自分《じぶん》がうごきまわったあたりを、注意深《ちゅういぶか》く見《み》

てまわりました。

ところが、どこにおとしたものか、指輪《ゆびわ》は、なかなか見《み》つからないのです。

指輪《ゆびわ》は、結婚《けっこん》するとき、亡《な》くなった夫《おっと》から贈《おく》られた、とても大切《たいせつ》なものでした。

（どこにやってしまったのかしら。指《ゆび》から、はずすんじゃなかった。）

このはさんは、泣《な》きそうな顔《かお》になりました。

その日《ひ》は、運《うん》のわるいことに、昼《ひる》すぎから雪《ゆき》がふりはじめました。

（天気予報《てんきよほう》では、一日《いちにち》晴《は》れのマークだったのに。こんな日《ひ》にかぎって、雪《ゆき》がふりだすなんて……。）

このはさんは、じっとしていられず、指輪《ゆびわ》をさがしに、なんども庭《にわ》にでました。

雪《ゆき》は、午後《ごご》の三時《じ》をすぎると、向《む》かいにあるひまわり洋品店《ようひんてん》が見《み》えなくなるほどはげしくなりました。

一週間前《しゅうかんまえ》の雪《ゆき》で、すでにうっすらと白《しろ》くなっていた庭《にわ》は、きょうの雪《ゆき》で、さらに白《しろ》くなってしまいました。

（来年《らいねん》の春《はる》まで、指輪《ゆびわ》をさがせなくなったわ。）

このはさんは、しょんぼりとしました。もう、大掃除《おおそうじ》のつづきもなにも、さっぱりする気《き》になりません。

寒《さむ》いなか、なんども、庭《にわ》にでてみたせいか、夕方《ゆうがた》になると、背中《せなか》がぞくぞくして、頭《あたま》が、ぼうっとしはじめました。どうやら、風邪《かぜ》をひいてしまったみたいです。

このはさんは、早《はや》めに夕飯《ゆうはん》を食《た》べると、台所《だいどころ》の洗《あら》い物《もの》を、流《なが》しにおいたままにして、風邪薬《かぜぐすり》をのんで、寝《ね》ることにしました。

ふとんにはいり、ひと眠《ねむ》りして、このはさんが、真夜中《まよなか》に目《め》をさますと、あたりは、しんとしずまりかえっていました。

雪《ゆき》が、あたりの物音《ものおと》をすっかりすいとってしまったのでしょう。

しんとした中《なか》で、昼間《ひるま》、大切《たいせつ》な指輪《ゆびわ》をなくしてしまったことを思《おも》い出《だ》すと、このはさんは、むしょうにさびしくなりました。

(早《はや》く朝《あさ》になって、小鳥《ことり》の声《こえ》でもきこえてこないかなあ。)

そう思《おも》ったとき、このはさんは、はっとしました。

天井《てんじょう》から、木《こ》の葉《は》が風《かぜ》にころがるような、小《ちい》さな足音《あしおと》がきこえてきたのです。

（ネズミだわ！）

このはさんは、びっくりして、暗《くら》い天井《てんじょう》を見《み》つめました。

ネズミの足音《あしおと》をきくなんて、ずいぶんひさしぶりです。いったい、どこからはいりこんだのでしょう。

（一匹《ぴき》だけかしら？）

すると、天井《てんじょう》から、二匹《ひき》どうじにかけまわる音《おと》がきこえてきました。

（やだ、わたしの思《おも》ったことがわかって、足音《あしおと》でしらせてきたみたいだわ。）

このはさんは、思《おも》わずわらいました。すると、ほんの少《すこ》しでしたが、心《こころ》があかるくなって、さっきまでのさびしさがやわらいでいました。


翌朝《よくあさ》、このはさんがおきると、野《の》も山《やま》も、すっぽりとふかい雪《ゆき》におおわれていました。

青空《あおぞら》が、ぴかぴかにみがきあげたように、まぶしくかがやいています。

「おお、寒《さむ》っ。そういえば、きのうは、夕飯《ゆうはん》のあと、お茶碗《ちゃわん》もなにも洗《あら》わないで寝《ね》たんだった。」

肩《かた》をだいて台所《だいどころ》にいった、このはさんは、流《なが》しを見《み》て、いっしゅん自分《じぶん》の目《め》をうたがいました。きのうの夜《よる》、流《なが》しにおいたままだった茶碗《ちゃわん》もお皿《さら》も鍋《なべ》も、みんな、きれいに洗《あら》われて、流《なが》しのよこのかごに、ふせてあります。

「え、だれが……？」

このはさんは、ふと、真夜中《まよなか》に、ネズミの足音《あしおと》をきいたことを思《おも》い出《だ》しました。

（ネズミが、流《なが》しをきれいにしてくれた？）

でも、ネズミに、こんなことができるでしょうか。

（流《なが》しを、そのままにして寝《ね》たつもりだったけど、洗《あら》ってから寝《ね》たのかもしれない。）

朝《あさ》ごはんのまえに、店《みせ》のまえを雪《ゆき》かきしようと外《そと》にでると、となりにすむ若《わか》い大《だい》工《く》さんが、雪《ゆき》かきをしてくれているところでした。

大工《だいく》さんは、勇一《ゆういち》さんといいます。今朝《けさ》のように、雪《ゆき》かきをしてくれたり、力仕《ちからし》事《ごと》を手伝《てつだ》ってくれたり、とても心強《こころづよ》いおとなりさんです。

「おはよう。いつも、わるいわねえ。」

このはさんが、声《こえ》をかけると、勇一《ゆういち》さんは、雪《ゆき》かきの手《て》をやすめて、こんなことをいいました。

「雪《ゆき》がふったら、ネズミが、家《いえ》にはいってきて、ゆうべは、天井裏《てんじょううら》で運動会《うんどうかい》ですよ。」

このはさんのところは、だいじょうぶでした?

「あら、勇一《ゆういち》さんのところにも?」

「じゃ、このはさんのところにも、はいったんだ。」

「でも、うちのネズミは、小《ちい》さな足音《あしおと》だけで、運動会《うんどうかい》なんてしなかったわよ。」

「え、じゃ、うちにはいったのと、ちがうネズミかな?」

「そうみたいね。」

このはさんがわらうと、勇一《ゆういち》さんは、雪《ゆき》かきにもどりながらいいました。

「でも、ネズミは、あっというまにふえるから、早《はや》くおいださないと。」

「そうね。」

勇一《ゆういち》さんのおかげで、おもての雪《ゆき》かきはすぐにおわりました。

でも、このあと、このはさんは、うらにある庭《にわ》の風車《かざぐるま》を、雪《ゆき》の中《なか》からほりおこしにいったりしたせいか、風邪《かぜ》のぐあいが、ちっともよくなりませんでした。

その夜《よる》も、このはさんは、早《はや》めに夕飯《ゆうはん》を食《た》べると、まえの晩《ばん》とおなじように、台所《だいどころ》の洗《あら》い物《もの》を、流《なが》しにおいたままにしてやすみました。

すると、ふしぎなことに、翌朝《よくあさ》も、流《なが》しは、きれいになっていたのです。しかも、まえの日《ひ》よりきれいになっているではありませんか。

(二日《ふつか》もつづけて、こんなことって、あるのかしら?)

このはさんは、びっくりして、しばらく、流《なが》しのまえにたちつくしました。

この夜《よる》は、大晦日《おおみそか》でした。いつもなら、茶の間《ちゃま》のこたつにあたりながら、テレビで紅白歌合戦《こうはくうたがっせん》を見《み》ます。

でも、このはさんは、少《すこ》し熱《ねつ》っぽくて、早《はや》めに、ふとんにはいることにしました。

(そうだ、テレビは、わたしのかわりに、天井裏《てんじょううら》にいるお客《きゃく》さんに、見《み》てもらいましょう。)

このはさんは、茶の間《ちゃま》のあかりもテレビもつけたままにして、こたつの上《うえ》に、ミカンと落花生《らっかせい》をおくと、天井《てんじょう》にむかって、声《こえ》をかけました。

「ネズミさん、わたしは、もう寝《ね》ますから、よかったら、わたしのかわりに、テレビを見《み》てくださいな。」

茶《ちゃ》の間《ま》のとなりの部屋《へや》にいくと、このはさんは、ふとんにはいって、あかりをけしました。

ふすまのあいだから、茶《ちゃ》の間《ま》のあかりが、こぼれてきます。テレビのにぎやかな音《おと》をききながら、このはさんは、いつのまにか、うとうとしていました。

そうして、ふと気《き》がつくと、となりの部屋《へや》から、テレビの音《おと》にまじって、小《ちい》さな物音《ものおと》や、たのしげな声《こえ》がきこえてくるのでした。

(きっと、ネズミがきて、テレビを見《み》てるんだわ!)

このはさんは、いっぺんに目《め》がさめて、胸《むね》がとくとくなりはじめました。

(わあ、なんとかして、となりのへやをのぞいてみたい。)

けれども、ネズミたちが、たのしんでいるところをおどろかせてはいけないと、せきをするのも、寝《ね》がえりをうつのも、じっとがまんしていると、やがて、テレビの音《おと》がきえました。

（自分《じぶん》たちできったのかしら？）

すると、こんな話《はな》し声《ごえ》がきこえてきたのです。

「もうすぐ年《とし》があけるから、そろそろおいとましないと。」

「でも、そのまえに、とめていただいたうえに、こんなおもてなしまでしてもらったお礼《れい》に、指輪《ゆびわ》をさがしてあげましょう。」

二匹《ひき》が、どこかにむかう足音《あしおと》がしました。

「指輪《ゆびわ》をさがしてあげましょうって、まさか、わたしの？」

このはさんは、ふとんの中《なか》で、もうじっとしていられなくなって、おきあがると、ふすまのあいだから、そっと、となりの部屋《へや》をのぞきました。

そうして、息《いき》をつめてまっていると、まもなく、二匹《ひき》のネズミが帰《かえ》ってきました。

二匹《ひき》とも、赤茶色《あかちゃいろ》をした、おなかのまっ白《しろ》なヒメネズミというネズミです。

その一匹《ぴき》が、口《くち》に、このはさんの指輪《ゆびわ》をくわえています。

（まあ、雪《ゆき》の中《なか》から、見《み》つけてくれたんだわ！）

ネズミたちは、ふすまのそばまでくると、指輪《ゆびわ》をおいて、こんなことをいいまし

た。

「おせわになりました。指輪《ゆびわ》、ここにおいておきます。」

それをきくと、このはさんは、思《おも》わず、ふすまをあけてしまいました。

「ありがとう。流《なが》しをきれいにしてくれたのも、あなたたちだったのね。」

ネズミたちは、いきなりあいたふすまに、びっくりして、とびさってしまいました。でもすぐに、もどってきていいました。

「大黒《だいこく》さまのネズミとまちあわせるために、森《もり》にむかう途中《とちゅう》、雪《ゆき》にふられてしまい、だまって天井裏《てんじょううら》に入《はい》ってしまいました。すみません。」

「大黒《だいこく》さま？」

このはさんが首《くび》をかしげると、ネズミが、ふしぎそうな顔《かお》をしてききました。

「七福神《しちふくじん》のおひとりの大黒《だいこく》さまを、ごぞんじないんですか？」

「え……、あなたたち、大黒《だいこく》さまのネズミとしりあいなの？」

このはさんは、そういってから、あっと、うなずきました。ネズミは、大黒《だいこく》さまのお使《つか》いだったことを思《おも》い出《だ》したのです。

「大黒《だいこく》さまのネズミって、どこにすんでるの?」

「遠《とお》いところのようです。でも、毎年《まいとし》、お正月《しょうがつ》になると、大黒《だいこく》さまからあずかった福袋《ふくぶくろ》をもって、この村《むら》にやってきます。」

「福袋《ふくぶくろ》ですって?」

「はい。中《なか》に村《むら》のひとたちぜんいんの福《ふく》がはいっています。わたしたちは、大黒《だいこく》さまのネズミを、森《もり》でおむかえして、その袋《ふくろ》をいただき、お正月《しょうがつ》のあいだ、それぞれの家《いえ》をまわって、袋《ふくろ》の中《なか》の福《ふく》をくばって歩《ある》くことになっています。」

「まあ……。」

このはさんは、おずおずとたずねました。

「あのう、それは、毎年《まいとし》やっていることなのかしら?」

「もちろんです。」

このはさんは、そっと頭《あたま》をさげました。

「ごめんなさい。わたし、あなたたちが、そんな大切《たいせつ》なものをくばって歩《ある》いているなんて、ちっともしらなかったわ。」

すると、ネズミたちは、このはさんのことばを気《き》にするふうもなくいいました。

「気《き》がつかなくて、とうぜんです。いつも、人《ひと》に気《き》づかれないように、こっそりやってますから。」

ネズミたちは、話《はな》しおえると、このはさんに、ていねいにおじぎをしました。

「それじゃ、そろそろおいとまします。ありがとうございました。」

「さっぱりおもてなしもしないで、ごめんなさいね。」

このはさんが、あやまると、ネズミたちは、こんなことをいいました。

「わたしたち、ひとから、今夜《こんや》みたいなおもてなしをうけたのは、はじめてです。一度《いちど》、こたつにあたって、落花生《らっかせい》やミカンを食《た》べながら、紅白歌合戦《こうはくうたがっせん》を見《み》たかったので、とてもうれしかったです。」

「だったら、よかったわ。また、きてね。」

「はい。お世話《せわ》になったお礼《れい》に、あすは、こちらへ一番《いちばん》に、福《ふく》をとどけにまいります。」

「ありがとう。気《き》をつけてね。」

このはさんが、玄関《げんかん》の戸《と》をあけると、ネズミたちは、なごりおしそうになんどもふりかえりながらでていきました。

翌朝《よくあさ》、このはさんは、ひさしぶりに、すがすがしい気分《きぶん》で目《め》がさめました。風邪《かぜ》が、ひと晩《ばん》のうちに、すっかりなおったようです。

このはさんは、家《いえ》じゅうに、しあわせな空気《くうき》があふれているのに気《き》がつきました。

「きっと、寝《ね》ているあいだに、ネズミさんたちが、福《ふく》をとどけにきてくれたんだわ。」

このはさんは、あたりを、にこにこして見《み》まわしました。

夢《ゆめ》

桃《もも》の節句《せっく》がすぎて、このはさんの庭《にわ》では、フクジュソウが、あちこちで、小《ちい》さなお日《ひ》さまのような花《はな》を咲《さ》かせています。

冬《ふゆ》のあいだ、雪《ゆき》の重《おも》みで地面《じめん》にはりついてしまった枯《か》れ葉《は》を、そっとかきわけてみると、ユキワリソウやセツブンソウが、小《ちい》さな花《はな》のつぼみをのぞかせています。

そんな三月《がつ》の、春《はる》の訪《おとず》れが感《かん》じられる、ある朝《あさ》、このはさんが、店《みせ》をあけると、まるで店《みせ》があくのをまっていたように、ふしぎな女《おんな》のひとがかけこんできました。

女《おんな》のひとは、足《あし》もとまでかくれる、くすんだ緑色《みどりいろ》のワンピースに、おなじ色《いろ》のマントをはおり、まるで魔女《まじょ》のようなかっこうをしていました。

しかも、髪《かみ》の毛《け》まで、くすんだ緑色《みどりいろ》をして、その髪《かみ》の毛《け》は、ほうきのようにさかだち、まるで、頭《あたま》に、大《おお》きな小鳥《ことり》の巣《す》でものせているようでした。

このはさんが、あっけにとられて、その頭《あたま》に見《み》とれていると、女《おんな》のひとは、髪《かみ》の毛《け》にそっと両手《りょうて》をあてていいました。

「この髪《かみ》の毛《け》、上《うえ》のほうをきってほしいんです。」

「え?」

このはさんは、はっとわれにかえると、あわてて、鏡《かがみ》のまえの椅子《いす》に手《て》をむけました。

「どうぞ、おかけください。」

女《おんな》のひとが、マントをぬいで、椅子《いす》にこしかけると、このはさんは、その首《くび》にタオルをまいて、首《くび》から下《した》を大《おお》きなケープですっぽりとおおいました。

「どんなふうに、おきりしますか?」

すると、女《おんな》のひとは、ふしぎなことをいいました。

「さかだっている髪《かみ》が、こわれないように、上《うえ》のほうを十二、三センチ、そうっとそうっときってください。」

「え?」

このはさんが髪《かみ》の毛《け》の上《うえ》のほうに目《め》をやると、女《おんな》のひとは、少《すこ》し口《くち》ごもって、こんなことをいいました。

「そこに、あるものがひっかかってしまいまして。それを傷《きず》つけずに、きってほしいんです。」

「髪《かみ》の毛《け》に、なにか、ひっかかっているんですか？」

このはさんが、髪《かみ》の毛《け》にさわろうとすると、女《おんな》のひとは、さっと肩《かた》をななめにしました。

「あ、髪《かみ》の毛《け》に、さわらないでください。」

（髪《かみ》をきりにきて、髪《かみ》の毛《け》にさわるなですって？）

このはさんが、けげんな顔《かお》をすると、女《おんな》のひとは、もうしわけなさそうにいいました。

「じつは、わたしは、夢《ゆめ》をあつめるのが、仕事《しごと》でして。」

「夢《ゆめ》をあつめる？」

「はい。ひと晩《ばん》じゅう、外《そと》にたって、夢《ゆめ》をつかまえるための特製《とくせい》の網《あみ》で、夢《ゆめ》をつかまえるんです。ところが、ゆうべは、ほかの夢《ゆめ》は、ちゃんと網《あみ》にはいったのに、この夢《ゆめ》だけが、わたしの髪《かみ》の毛《け》のほうに、ひっかかってしまって。」

「…………」

このはさんは、信《しん》じられない話《はなし》に、そっと息《いき》をすうと、そういえば、昨夜《さくや》、真夜《まよ》中《なか》に目《め》をさましたとき、風《かぜ》が強《つよ》くふいていたことを思《おも》い出《だ》しました。

するとこのはさんの目《め》に、暗《くら》い星空《ほしぞら》の下《した》で、魔女《まじょ》のようなかっこうをした女《おんな》のひとが、網《あみ》を持《も》って、強《つよ》い風《かぜ》に髪《かみ》をなびかせながらたっている姿《すがた》がうかびました。

「あのう、夢《ゆめ》って、寝《ね》ながらみる、夢《ゆめ》のことですか？」

このはさんが、おずおずたずねると、女《おんな》のひとは、笑顔《えがお》になっていいました。

「ええ、そうですよ。夜《よる》の大気中《たいきちゅう》には、たくさんの夢《ゆめ》がながれているんですよ。」

「それが見《み》えるんですか？」

このはさんが、びっくりすると、女《おんな》のひとは、頭《あたま》を気《き》にしながら小《ちい》さくうなずきました。

「はい。よい夢《ゆめ》、わるい夢《ゆめ》、いろんな夢《ゆめ》がながれています。わたしは、その中《なか》から、しあわせな、よい夢《ゆめ》だけをあつめています。」

「そんなことが、できるんですか？」

「はい。」

このはさんは、目《め》をまるくすると、また、おずおずとききました。

「あのう、夢《ゆめ》をあつめて、どうするんですか?」

「町《まち》の寝具店《しんぐてん》に持《も》っていきます。そこにたのまれて、夢《ゆめ》をあつめてるんですよ。」

「寝具店《しんぐてん》? そこが、なんでまた夢《ゆめ》を……?」

「店《みせ》でつくっている、ふとんやまくらにいれるんです。」

「………」

このはさんは、おどろいて、まばたきをすると、首《くび》をよこにふりました。

しあわせな、よい夢《ゆめ》がはいったふとんやまくらとは、どんなものなのでしょう。

ほんとうに、そんなふとんやまくらがあるなら、一度寝《いちどね》てみたいものです。

このはさんが、ぼんやりしていると、こんどは、女《おんな》のひとが、おずおずといいました。

「そろそろ、きっていただけませんでしょうか。あまり時間《じかん》がたつと、夢《ゆめ》が、どこかににげていってしまうものですから。」

「すみません、お客《きゃく》さんのお話《はなし》が、すばらしいものですから、つい仕事《しごと》のことをわすれてしまって。」

　このはさんは、小《ちい》さくなると、仕事《しごと》にとりかかろうとして、こっそり、こまった顔《かお》をしました。髪《かみ》の毛《け》にさわらず、しかも、ひっかかっているという夢《ゆめ》を傷《きず》つけずに、髪《かみ》の毛《け》をきるには、どうしたらよいのでしょう。

（夢《ゆめ》というものが、どんなふうにひっかかっているのか、せめて見《み》えたらいいんだけど。）

　すると、女《おんな》のひとが、まるで、このはさんの心《こころ》の声《こえ》がきこえたようにいいました。

「そうですよねえ。見《み》えないものをきるのは不安《ふあん》ですよねえ。」

　それから、女《おんな》のひとは、このはさんにききました。

「眼鏡《めがね》をおもちですか？」

「どんなものでもいいんですか？」

「はい。」

　このはさんが、新聞《しんぶん》をよむときのための老眼鏡《ろうがんきょう》をわたすと、女《おんな》のひとは、眼鏡《めがね》に、息《いき》をふきかけて、ワンピースとおなじ色《いろ》のハンカチでふきました。

　すると、たちまち、眼鏡《めがね》のレンズが、ハンカチとおなじ、くすんだ緑色《みどりいろ》になりました。

このはさんが、目《め》をまるくしていると、女《おんな》のひとは、眼鏡《めがね》をかえしながらいいました。

「レンズに色《いろ》がつきましたけど、時間《じかん》がたつと、しぜんにとれますから。これ、ちょっとかけてみてくれますか。」

このはさんは、いわれるまま、眼鏡《めがね》をかけて、さっきよりもさらに目《め》をまるくしました。

女《おんな》のひとの、さかだった髪《かみ》の毛《け》のてっぺんが、ばら色《いろ》の雲《くも》のかけらでもひっかかったように、ぽうっと、ほのかにかがやいているのです。

「見《み》えますか?」

女《おんな》のひとが、ちょっと心配《しんぱい》そうにききました。

「あのばら色《いろ》にかがやいているのが、夢《ゆめ》なんですか?」

「はい。きれいでしょう。」

「…………」

このはさんが、夢《ゆめ》に見《み》とれたまま、だまってうなずくと、女《おんな》のひとは、こっそりといいました。

「よい夢《ゆめ》は、きれいな色《いろ》をしているので、すぐ、わかります。」

「ばら色《いろ》のほかにも、あるんですか?」

「はい。レモン色《いろ》だとか、若草色《わかくさいろ》だとか、いろいろあります。」

「………」

このはさんは、ほうっとため息《いき》をつくと、きゅうに、はっとした顔《かお》をしました。

「すみません。また、仕事《しごと》をわすれて。」

このはさんが、おそるおそるハサミをいれてみると、さいわい、女《おんな》のひとのさかだった髪《かみ》の毛《け》は、まるで、のりでかためたようにかたくて、くずれることがありませんでした。

おかげで、このはさんは、夢《ゆめ》を傷《きず》つけることなく、髪《かみ》の毛《け》を頭《あたま》の上《うえ》のほうだけ、きることができました。

すると、女《おんな》のひとが、ほっとしたようにいいました。

「きった髪《かみ》の毛《け》を、そっともちあげてくれますか。」

「さわっていいんですか?」

このはさんが、さっき、髪《かみ》の毛《け》にさわるなといわれたことを思《おも》い出《だ》して、たずねると、女《おんな》のひとは、わらって、うなずきました。

「さっきは、あなたが、眼鏡《めがね》をかけるまえだったので、なにかあってはと思《おも》い、髪《かみ》の毛《け》にさわるなといいましたけど、いまは、だいじょうぶです。」

「では。」

このはさんは、髪《かみ》の毛《け》を、そっと持《も》ち上《あ》げて、おどろきました。ハサミをいれたときには、かたいと思《おも》った髪《かみ》の毛《け》が、とてもしなやかなのです。

(このしなやかさ、なにかににてる。なんだったかな?)

このはさんは、首《くび》をかしげて、なにに、にているのか、すぐに気《き》がつきました。

(ああ、このしなやかさ、庭《にわ》の草《くさ》や花《はな》にふれたときみたいだわ。こんな髪《かみ》の毛《け》って、はじめて。もしかして、このふしぎな髪《かみ》の毛《け》が、夢《ゆめ》をひきよせたのじゃないかしら。)

このはさんが、感心《かんしん》して髪《かみ》の毛《け》を見《み》つめていると、女《おんな》のひとは、ポケットから袋《ふくろ》をだし、さっとひとふりして、中《なか》に空気《くうき》をいれました。

「じゃ、ここに、そうっといれてください。」

このはさんが、いわれたとおりにすると、女《おんな》のひとは、中《なか》にいれたものがつぶれないように空気《くうき》ごととじこめて、口《くち》をしばり、ひざの上《うえ》におきました。

「こうすれば、もうだいじょうぶです。」

それから、女《おんな》のひとは、鏡《かがみ》にうつった自分《じぶん》を見《み》てわらいました。ふぞろいにきった髪《かみ》の毛《け》が、ぎざぎざにたっています。

「ひどい頭《あたま》。」

「いま、クシをあてて、ととのえますから、おまちください。」

このはさんが、眼鏡《めがね》をはずすと、女《おんな》のひとは、頭《あたま》をよこにふりました。

「いそいで、山《やま》にもどらないといけませんので、このままでけっこうです。」

「山《やま》にもどるですって?」

女《おんな》のひとは、ゆっくりとうなずきました。

「よもぎだいらに、夢《ゆめ》をつかまえるための網《あみ》と、ゆうべあつめた夢《ゆめ》を、袋《ふくろ》にいれておいてきましたから、それをとりにもどります。」

「じゃあ、今朝《けさ》は、よもぎだいらから、わざわざいらしたんですか？」

このはさんは、びっくりしました。よもぎだいらは、つるばら村《むら》の山《やま》のおくにある高原《こうげん》です。

「よもぎだいらって、まだ雪《ゆき》がふかいんじゃないですか？」

「そうですね。この冬《ふゆ》は、雪《ゆき》が、例年《れいねん》より多《おお》くふりましたから、いつもの倍《ばい》、残《のこ》ってますよ。」

このはさんは、びっくりしたまま、女《おんな》のひとのひざにある袋《ふくろ》に目《め》をやりました。

「その夢《ゆめ》は、どうやって、髪《かみ》の毛《け》から、とりだすんですか？」

女《おんな》のひとは、おだやかにいいました。

「さっき、時間《じかん》がたつと、夢《ゆめ》がにげだすって話《はな》したこと、おぼえていますか？」

「はい。」

「たぶん、わたしが、よもぎだいらにもどるころまでには、髪《かみ》の毛《け》からでてきているはずです。ですから、よもぎだいらにもどったら、べつの袋《ふくろ》を用意《ようい》して、そちらに夢《ゆめ》をうつします。」

それから、いきなり、こんなことをききました。

「よもぎだいらに、すばらしい一本桜《いっぽんざくら》があるの、しってますか？」

一本桜《いっぽんざくら》とは、高原《こうげん》などで、たった一本《ぽん》だけでたっているサクラの木《き》のことをいいます。

「いいえ。」

このはさんが、首《くび》をよこにふると、女《おんな》のひとは、このはさんが思《おも》ってもみなかったことをいいました。

「あの木《き》の冬眠中《とうみんちゅう》の夢《ゆめ》をつかまえるのが、わたしの長《なが》いあいだの夢《ゆめ》だったんです。」

「木《き》の冬眠中《とうみんちゅう》の夢《ゆめ》ですって？」

このはさんが、ききかえすと、女《おんな》のひとは、目《め》をほそめながらうなずきました。

「木《き》も、草《くさ》も、花《はな》も、夜《よる》には、ねむって、夢《ゆめ》をみるんですよ。」

「ということは、あなたが、あつめているのは、人間《にんげん》の夢《ゆめ》ではなかったんですか？」

女《おんな》のひとは、首《くび》をななめにして、このはさんを見上《みあ》げました。

「人間《にんげん》の夢《ゆめ》をあつめてるって、いいましたっけ?」

「いいえ、わたしが、かってに、人間《にんげん》の夢《ゆめ》だと……。」

このはさんが、下《した》をむくと、女《おんな》のひとは、まちがえるのもむりはないといったようにわらいました。

「人間《にんげん》の夢《ゆめ》をあつめているなかまもいますよ。でも、わたしは、人間《にんげん》の夢《ゆめ》より、木《き》や草《くさ》や花《はな》たちがみる夢《ゆめ》のほうにきょうみがあるんです。」

それから、うれしそうにいいました。

「それにしても、ゆうべは、ほんとについてました。サクラが、冬眠中《とうみんちゅう》にみる夢《ゆめ》って、里《さと》のサクラでも、なかなかつかまえることができないんですよ。山《やま》のサクラとなると、その確率《かくりつ》が、さらにひくく、出会《であ》えただけでもラッキーなのに、それが、わたしの髪《かみ》の毛《け》にくっついてくるなんて、ほんとうにびっくりでした。」

「サクラの夢《ゆめ》も、ふとんやまくらにいれられるんですか?」

「はい。」

「それで、その寝具店《しんぐてん》は、なんていうお店《みせ》なんですか?」

「ドリーム商会《しょうかい》っていうんですよ。でも、会員《かいいん》のひとにしか売《う》っていません。」

「じゃ、会員《かいいん》になれば、買《か》えるんですか?」

「もちろんです。」

「そのお店《みせ》の……。」

このはさんが、住所《じゅうしょ》と電話《でんわ》番号《ばんごう》をききかけたとき、お店《みせ》の戸《と》がからりとあいて、はるかさんが、回覧板《かいらんばん》を持《も》ってきました。

すると、女《おんな》のひとは、どこからか、さっと帽子《ぼうし》をだしてかぶりました。それから、いそいでマントをはおり、財布《さいふ》をだしました。

「いくらですか?」

「ちょっと髪《かみ》の毛《け》をきっただけですから、料金《りょうきん》は、つぎ、いらしたときにいただきます。」

このはさんのことばをきくと、女《おんな》のひとは、うれしそうに頭《あたま》をさげました。

「じゃあ、おことばにあまえます。」

それから、あっというまに、店《みせ》をでていきました。

その日《ひ》、ひまになると、このはさんは、電話帳《でんわちょう》をしらべてみました。でも、ドリーム商会《しょうかい》なんて、どこにものっていませんでした。

眼鏡《めがね》のほうは、夜《よる》になっても、まだくすんだ緑色《みどりいろ》をしていました。

(もしかして、これをかけたら、夢《ゆめ》が見《み》えるかしら?)

このはさんは、胸《むね》をどきどきさせて、庭《にわ》にでてみました。

でも、まほうのききめは、一回《かい》だけだったのでしょうか。空《そら》に顔《かお》をむけてみても、ふしぎなものは、なにも見《み》えません。

あきらめて、中《なか》にもどろうとしたとき、どこからか、チラシがとんできて、庭《にわ》の木《き》の枝《えだ》にひっかかりました。

このはさんは、チラシを枝《えだ》からとると、窓《まど》からもれるあかりにあてて、びっくりしました。

チラシには、こんなふうに書《か》いてあったのです。

「ドリーム商会《しょうかい》・会員募集《かいいんぼしゅう》のお知《し》らせ

当店《とうてん》の寝具《しんぐ》には、すべて、しあわせな夢《ゆめ》がしのばせてあります。

不眠症《ふみんしょう》のかた、眠《ねむ》りのあさいかたは、朝《あさ》までぐっすりねむれます。

こわい夢《ゆめ》や、悲《かな》しい夢《ゆめ》をみることもありません。

当店《とうてん》では、三月《がつ》いっぱい、新《あたら》しい会員《かいいん》を募集《ぼしゅう》します。この間《あいだ》に、ぜひ、ご入会《にゅうかい》ください。

ドリーム商会《しょうかい》 連絡《れんらく》……」

連絡先《れんらくさき》を見《み》ようとして、このはさんは、目《め》をしばしばさせました。連絡先《れんらくさき》の字《じ》が、とちゅうから、とてもうすくなっています。

(暗《くら》くてだめだわ。)

中《なか》にはいり、あかるい電灯《でんとう》の下《した》で、チラシを読《よ》もうとして、このはさんは、まゆをひそめました。

チラシの字《じ》が、ぜんたいに、さっきよりもうすくなって、最後《さいご》の字《じ》から、しだいにきえはじめていたのです。

(どうしたのかしら? もしかして、眼鏡《めがね》のせい?)

このはさんは、眼鏡《めがね》をはずして、やっぱりと思《おも》いました。眼鏡《めがね》のレンズから、くすんだ緑色《みどりいろ》がきえかかっていたのです。

このはさんが、ふたたび眼鏡《めがね》をかけて見《み》たときには、チラシの字《じ》は、ほとんどきえようとしていました。

それから二か月後《げつご》、つるばら村《むら》をとりまく山々《やまやま》は、芽吹《めぶ》いたばかりの、あわくけむるような緑《みどり》につつまれていました。

里《さと》では、もうサクラの花《はな》は、ちってしまいましたが、山《やま》では、ヤマザクラの花《はな》がこれからでした。

そんな五月《がつ》のある日《ひ》、このはさんは、はるかさんにききました。

「ねえ、よもぎだいらに、一本桜《いっぽんざくら》があるの、しってる?」

すると、はるかさんは、思《おも》いがけず首《くび》をたてにふりました。

「だいぶまえ、青木家具店《あおきかぐてん》の美樹《みき》さんにきいたことがあるわよ。ものすごくみごとな木《き》なんですって。一度《いちど》、いってみたいと思《おも》ってたのよ。そうだ、美樹《みき》さんに、電《でん》話《わ》で場所《ばしょ》をきいて、こんど、いっしょにいかない？」

それをきくと、このはさんは、ちょっとびっくりした顔《かお》をしました。

「あら、一本桜《いっぽんざくら》のこと、はるかさん、しってたんだ。しらなかったら、教《おし》えてあげて、いっしょに見《み》にいかないか、さそおうと思《おも》って、話《はな》してみたのよ。美樹《みき》さんには、わたしが電話《でんわ》するわ。」

一週間《しゅうかん》ほどして、このはさんとはるかさんは、青木家具店《あおきかぐてん》の美樹《みき》さんといっしょに、一本桜《いっぽんざくら》を見《み》に、よもぎだいらにでかけました。

美樹《みき》さんは、いつかキツネの話《はなし》をしてくれた林太郎《りんたろう》さんの奥《おく》さんです。

このはさんが、一本桜《いっぽんざくら》のことで電話《でんわ》をすると、美樹《みき》さんは、場所《ばしょ》を教《おし》えてくれたばかりか、自分《じぶん》もいっしょに見《み》にいきたいからと、案内役《あんないやく》までかってでてくれたのです。

目的《もくてき》のヤマザクラは、広《ひろ》い高原《こうげん》の、道《みち》から少《すこ》しはなれたところに、一本《ぽん》だけ、四《し》方《ほう》に大《おお》きく枝《えだ》をひろげ、その枝《えだ》という枝《えだ》に、里《さと》のサクラより濃《こ》いピンクの花《はな》を咲《さ》かせていました。

三人《にん》が、ヤマザクラにむかう途中《とちゅう》、ミズナラの巨木《きょぼく》がありました。木《き》は、幹《みき》にこけがついて、枝《えだ》には、ひとつ、大《おお》きな鳥《とり》の巣《す》のようなヤドリギがついていました。

そのヤドリギを見《み》て、このはさんは、いっしゅん、はっと息《いき》をのみました。ヤドリギが、あのふしぎな女《おんな》のひとの頭《あたま》を思《おも》い出《だ》させたのです。

このはさんは、ミズナラの巨木《きょぼく》を見上《みあ》げながら、もしかしたら、あのひとは、この木《き》の精《せい》だったのかもしれないと思《おも》いました。

それからまもなくして、このはさんたちは、ヤマザクラのところにつきました。

そばで見《み》るヤマザクラは、胸《むね》がふるえるほど美《うつく》しくて、山《やま》の女神《めがみ》のようでした。

「ヤマザクラさん、あなたの夢《ゆめ》を見《み》させてもらいましたよ。」

このはさんが、こっそりヤマザクラに話《はな》しかけたとき、そよ風《かぜ》がふいてきて、花《はな》びらをほろほろとちらしました。

「わあ!」

歓声《かんせい》をあげてヤマザクラを見上《みあ》げている、はるかさんと美樹《みき》さんの頭《あたま》や肩《かた》に、ピンクの花《はな》びらがまいおちました。

そのようすに、このはさんは、あっと、ひとみを大《おお》きくしました。ふいに、ピンクの花《はな》びらを背中《せなか》につけた、ヤギの姿《すがた》がよみがえってきたのです。

たしか、あのとき、ヤギは、サクラが、高原《こうげん》みたいな山《やま》の中《なか》に、たった一本《ぽん》だけ咲《さ》いていたと話《はな》していたのでした。それは、きっと、このヤマザクラのことだったにちがいありません。

お花見《はなみ》をじゅうぶんにたのしんで帰《かえ》るとき、このはさんは、感謝《かんしゃ》の気持《きも》ちをこめて、そっとヤマザクラの幹《みき》に手《て》をふれました。

「きょうは、きれいなお花《はな》を見《み》せてくれて、ありがとうございます。これからは、春《はる》になったら、会《あ》いにきますね。」

午前中《ごぜんちゅう》は、雲《くも》ひとつなかったのに、帰《かえ》りの空《そら》には、ちぎれた雲《くも》が、いくつもうかんでいました。それは、いつかのヤギの白《しろ》いうぶ毛《げ》のかたまりを、ちぎって、空《そら》にうかべたようでした。

このはさんは、なぜか、今夜《こんや》あたり、また、あのヤギが、うぶ毛《げ》をすいてもらいにやってくるような気《き》がして、足《あし》が、ひとりでにはずんでくるのでした。

あとがき

茂市久美子《もいちくみこ》

小学五年生《しょうがくねんせい》のとき、わが家《や》の近所《きんじょ》に、小《ちい》さな理容店《りようてん》ができました。

お店《みせ》をひらいたのは、小林節子《こばやしせつこ》さんという、当時二十歳《とうじはたち》をちょっとすぎたばかりの、笑顔《えがお》のすてきな、やさしいおねえさんでした。

近所《きんじょ》には、もう一軒《けん》、理容店《りようてん》があって、それまでは、そちらのほうに行《い》っていたのですが、小林《こばやし》さんのお店《みせ》ができてからというもの、わたしは、小林《こばやし》さんのお店《みせ》で、髪《かみ》の毛《け》を切《き》ってもらうようになりました。

あれから四十数年《すうねん》たった今《いま》でも、わたしは、実家《じっか》に帰《かえ》ると、昔《むかし》からの親《した》しいおねえさんに会《あ》いに行《い》くような気持《きも》ちで、小林《こばやし》さんのお店《みせ》に出《で》かけます。

小林《こばやし》さんの趣味《しゅみ》は、点訳《てんやく》。いそがしい仕事《しごと》のあいまをぬって、これまで、わたしの書《か》いた本《ほん》を何冊《なんさつ》も点訳《てんやく》してくださいました。

そんなこともあって、小林《こばやし》さんには、どうやら、わたしの童話《どうわ》の手《て》の内《うち》が、わかるようなのです。もしかしたら、物語《ものがたり》のヒントになるかもしれないと、これまで、とてもキツネが化《ば》けてやってきたとしか思《おも》えないような不思議《ふしぎ》なお客《きゃく》さんの話《はなし》や、やはりキツネのしわざとしか思《おも》えないような世間話《せけんばなし》などをきかせてくれました。

この本《ほん》に書《か》いた、「ふしぎなくつ」は、そんなお客《きゃく》さんと、村《むら》のあるところで、夜《よる》のあいだ、外《そと》に出《だ》しておいた靴《くつ》が、あちこちでなくなって、みんなが不思議《ふしぎ》がっているという、じっさいにあった話《はなし》がヒントになっています。

さらに、小林《こばやし》さんが、お店《みせ》にやってきたおばあさんの爪《つめ》をやさしく切《き》ってあげている姿《すがた》から「山《やま》んばの錦《にしき》」、小林《こばやし》さんの庭《にわ》にたっているモグラよけの風車《かざぐるま》から「風《ふう》力発電《りょくはつでん》」、雪《ゆき》の日《ひ》に家《いえ》に入《はい》り込《こ》んだネズミに、大晦日《おおみそか》、落花生《らっかせい》をごちそうしてやったという話《はなし》から「ネズミのお礼《れい》」を思《おも》いつきました。

小林《こばやし》節子《せつこ》さんには、この場《ば》をおかりして、あらためて、お礼《れい》を申《もう》しあげます。

最後《さいご》に、今回《こんかい》もすばらしい絵《え》を描《か》いてくださいました柿田《かきた》ゆかりさん、本《ほん》ができるまでお世話《せわ》になりました長岡香織《ながおかかおり》さん、ありがとうございました。

著者●茂市久美子（もいち　くみこ）
岩手県に生まれる。会社勤務をへて執筆活動に入り，『おちばおちばとんでいけ』で，ひろすけ童話賞を受賞。おもな作品に『あなぐまモンタン』シリーズ，『ドラゴンはくいしんぼう』『ドラゴンは王子さま』『またたびトラベル』『クロリスの庭』『ゆうすげ村の小さな旅館』『つるばら村のパン屋さん』『つるばら村の三日月屋さん』『つるばら村のくるみさん』『つるばら村の家具屋さん』『つるばら村のはちみつ屋さん』などがある。

画家●柿田ゆかり（かきた　ゆかり）
埼玉県に生まれる。日本デザイン専門学校卒業後，フリーのイラストレーターに。『さいしょのいっぽ』『英語版宮沢賢治絵童話集6　虔十公園林』『つるばら村の家具屋さん』『つるばら村のはちみつ屋さん』などの書籍や，数々の幼児誌の挿絵を手がけている。

ブックデザイン●久住和代（くすみ　かずよ）
シリーズマーク●いがらし　みきお

わくわくライブラリー

つるばら村《むら》の理容師《りようし》さん

2007年3月26日　第1刷発行
2022年9月 1 日　第9刷発行

定価は，カバーに表示してあります。

著　者　茂《も》市《いち》久《く》美《み》子《こ》
画　家　柿田《かきた》ゆかり

発行者　鈴木章一
発行所　株式会社　講談社（〒112-8001）
東京都文京区音羽 2-12-21
電話　編集 03（5395）3535
販売 03（5395）3625
業務 03（5395）3615
印刷所　株式会社 精興社
製本所　株式会社 若林製本工場
D T P　脇田明日香

N.D.C.913　158p　22cm

ISBN978-4-06-195708-4

茂市久美子のつるばら村シリーズ

中村悦子・絵

つるばら村のパン屋さん

つるばら村の三日月屋さん

つるばら村のくるみさん

柿田ゆかり・絵

つるばら村の家具屋さん

つるばら村のはちみつ屋さん

つるばら村の理容師さん

つるばら村の洋服屋さん

つるばら村の大工さん

つるばら村のレストラン

中村悦子・絵

つるばら村の魔法のパン